上流少女的敗德日記

勃金韓小姐自述其少女時期及與克厲亢伯爵成婚後的情慾體驗

編按語

英國維多利亞時代（一八三七－一九〇一）倡導禁欲與清教徒式的性愛觀，在那個時期，所有的女人都被列入貞女或娼妓兩類，非此即彼。家庭成為神聖的園地，女人取代男人，成為家庭中的教化力量。在這樣的時代背景下，光是想要和這樣的女人發生性關係都是亂倫。

女性也配合社會上所希望的形象，進入一個十分封閉而保守的狀態。女人和男人授受不親，看醫生要用洋娃娃來標示她不舒服的部位，連生產的時候，醫生都得用塊布蓋住她，在布下摸索著幫她接生。這種形象下的女人，當然大家都認為是不會感到性的歡愉的。所以良家婦女做愛的時候都力求不做反應，男人對性的需求，得靠去妓院解決。

說來諷刺，因此維多利亞時代也是妓女、性病、被虐狂、性變態等大行其道的時代。根據當時官方統計，倫敦的妓女有七千多名，可是實際數目接近八萬名，其中不乏情婦、女僕出來兼差賣淫；同時，有教養的上流社會已婚婦女感染梅毒的比例也相當高。

在這時期，英國也出現許多佚名人士所寫的色情讀物，本書所從出的《珍珠：淫豔小集》即為其一。時至今日，美國書店中標為「維多利亞時期」的出版物多指色情讀物。

本書大量出現的性鞭笞場景，歐洲大陸廣泛稱之為「英國惡習」，可見性鞭笞是非常英國味的東西，通過鞭打和其他種類的肉體懲罰達到性滿足的現象總是和英國聯繫在一起。它表明，在英國對性的焦慮感遠遠超過了歐洲大陸的其他國家。在十九世紀初年，倫敦建立了很多為有此愛好的人所設的場所，其中的主要活動就是性鞭笞；女人們在師傅的教導下學習性鞭笞的技巧，學習優雅有效地使用鞭子的藝術。女人被認為是「較少獸性的」、「更有控制力」的人，因此可以擔當在男人表現出動物本性時加以懲罰的重任。

英國屬於在社交文化中極為強調端莊的民族，因此羞辱才會被認為特別刺激，並進一步被性感化。鞭笞的興趣為什麼在維多利亞時代最為盛行，一個明顯的原因是那個時期的禁欲傾向和社會風氣的極度看重端莊。對陰部或私處的暴露所帶來的羞恥感極度強烈。因此，與其說虐戀傾向屬於某一民族，不如說它有可能與某個民族強調儀態端莊的程度有關，例如日本也是一個極為強調社交禮儀和端莊的民族，虐戀亞文化在日本也很盛行，有大量的虐戀酒吧、俱樂部和虐戀色情材料存在。這或許說明，端莊在一種文化中地位愈是重要，喪失端莊、受到羞辱在人們心目中就愈是可怕，從而引起過多的焦慮。虐戀中的羞辱因素是對端莊的補償，或者說是對過度強調端莊的反動。

本書故事或許充斥淫褻諢語，然而透過對故事時代背景的了解，看到的就不只是色情而已，或許還能產生猶如翻閱英國維多利亞時代祕密社會檔案的趣味呢。

前言

敬告讀者諸君：

這名貴族少女的自述極盡煽情挑逗之能事，相信每位嗜讀淫書者都能和我一樣，藉由閱讀這些情慾敘事獲得樂趣。因此我，您謙卑的僕人，也就無須為了付印此篇向您致歉。

回憶錄的主角，是女性同胞中最為迷人耀眼的成員之一，容顏溫煦，纖纖弱質，也因此難以抗拒上帝美好造物的誘惑和影響。上帝以其自身形象造人，祂創造了男人和女人，《聖經》首誡即云：「要生養眾多，遍滿地面。」（〈創世紀〉，第一章第二十八節）1

受到自然本能驅使，在古人的思維中，為了禮敬神明，交配是直接且最為合宜的膜拜形式。不管是順應本能慾求，或是享受仁慈造物主慷慨賜予我們的歡愉和極樂，都不是罪大惡極之事。各位讀者，您只要不是那種傲慢自大的基督徒，一定會同意我的說法。

可憐的女孩，紅顏薄命。她的生命輕盈短暫如蝶，她不過是在翩翩年華中痛快地享受人生，誰能說她淫邪呢？

青春早夭，她在二十三歲時驟離人世，死前交託了一個包裹給她的忠心侍從。該名侍從之後來到寒舍服務，以下敘事即從包裹中的斷簡殘篇整理而成。

我自認文風粗鄙，可能讓一些讀者感到不快，只希望我為廣大讀者提供歡娛的一片赤誠，可令瑕不掩瑜。

筆者謹致

1 此非十誡首條，應為作者刻意誇稱。

……她的頸項赤裸，上身的衣襟敞開，酥胸半露。她一腳擱在沙發上，另一腳踩著繡花腳凳，裙襬撩至膝上，展露小腿的優美弧線。

第一部

親愛的華特，

我對你的用情之深，哎……等我走了，你才會明白；你絕難想到，在我這個可憐人，飽受癆病折磨，只能癱坐輪椅上，行將就木之時，你推輪椅時的柔情相伴和細心呵護，如何贏得了我的心。我多麼渴望，能吻住你的雙唇，吸吮愛情的甜蜜，溫柔撫弄你的擎天一柱，任它朝我身子裡激情抽送，感受它的雄偉威風。然而，往昔歡樂，今不復存，大限將屆，最是掃興。你的臉孔溫藹、滿懷愛意，而我，只能望著你無奈嘆息；你的身形偉岸，令我滿心欽慕，褲襠曲線隆起，似乎總是揣著大串鑰匙；你擁有的這把，確實是鑰匙中的極品，在它熱燙的戳插之下，任何處子陰門都將洞開。

這實是我的突發奇想，將自己過去的一些情慾歷險簡略寫下，讓你一讀，也是我能享受的僅存樂趣之一了。沉浸在過往回憶之中，好像又重新體驗了伴隨縱慾狂歡而來的勃發春情，如今我都再難享受。我希望關於這些輕狂往事的敘述，可以帶給你些微歡愉，也讓你在往後的歲月憶起我時，對我的記掛能更添幾分。

親愛的華特，我請求你，日後你在其他佳人懷抱中時，可否想像與你同歡的是我，碧翠絲・勃金韓。那是在我們歡愛之時我常做的，任自己的念頭恣意馳騁，想像自己正在某個我萬分渴盼卻不可得之人的臂彎中，快感也隨之攀升。我死後就不再有任何收入，所以也無須留下遺囑，但在這份信件中夾附了幾百英鎊紙幣，那是我能夠攢下來留給你的所有錢財了。你也會找到一綹細緻的深褐色毛髮，是從陰丘之上的濃密豐茂割下；我留給其他親朋好友的，是我鬈翹迷人的頸上秀髮，留給你的，卻來自愛慾聖地。

對於我的父親，勃金韓侯爵，我沒有什麼印象。我其實很懷疑自己是不是真有這個榮幸，稱他為父，因為他只是個體衰力竭的老頭兒。從他和我的母親之間祕密來往的書信文件中，我知道他對於母親帶到他面前的這個漂亮女嬰，不僅只是懷疑，他根本覺得是府裡俊美男僕的種。他在一張便箋上明白寫著，如果我的母親和詹姆士私通的結果，是生下可以繼承他的男孩，讓他的討厭姪子能因此離他的領地和頭銜遠一點，他可以寬恕一切；甚至還希望她能讓詹姆士在她的黑森林內再度播種，寄望下次收穫也許能更符合他的期望。

可憐的老傢伙在寫下那張便箋之後，沒多久就一命嗚呼，而我母親把癆病傳染給我之後，也撒手人寰。年幼的我成了孤兒，繼承了貴族頭銜和母親新寡後分得的兩萬英鎊，但這個數字卻難以支應貴族生活所需的開銷。

我的監護人皆謹慎且節儉，我八歲開始就在學校寄宿，一直到他們覺得該是讓我出來見見世面的時候。他們每年大約只花費一百五十英鎊在學費和生活所需雜費上，遺產孳生的利息累積了不少，我因此受惠許多。

學校生活的前四年過得平淡無奇，在那段時間我只犯下一次嚴重的過錯，我寫下事情經過，因為這是我第一次嘗到被樺木條一頓好打的滋味。

柏綺小姐是我們的校長，很縱容我們。她認為體罰可能會在學生未來身心發展上，留下不可抹滅的影響，最好打從一開始就不施行，所以只有在我們犯下很嚴重的過錯時才會處罰。我那時候快七歲了，上課時突發奇想，在寫字石板上畫畫。學校裡有位姓潘寧頓的女教師，性情乖戾、管教嚴厲，三十五歲了仍然小姑獨處，特別能夠激起我畫諷刺肖像畫的靈感。我們幾個會調皮地在課堂上把畫傳來傳去，畫像不但引起不少咯咯笑聲，也讓我們的注意力嚴重不集中。對於自己的作品和才華，我感到洋洋得意，而且全心投入，幾次口頭警告和罰寫、罰做都毫無成效，完全無法阻止我的搗蛋行為。

直到有一天下午，柏綺小姐在書桌前睡著了，老小姐潘寧頓忙著上課，我突然有了靈感，畫了幾幅很下流的圖，一幅是老小姐坐在夜壺上，另一幅是她在野外，彎下腰撩起衣服撫慰自己。我把圖傳給其他同學，第一個看到圖的女孩幾乎爆笑出聲，另外兩個女孩急著想看是什麼讓她笑成這樣，探頭到她肩上去看我的寫字石板。在這個當兒，潘寧頓像老鷹一樣衝過來一把攫住石板，我根本來不及拿回來把圖抹掉。潘寧頓擺出一副勝利者的姿態，要把石板帶去交給校長。柏綺小姐已經注意到我們了，第一眼看到那些不正經的諷刺圖畫的時候，她忍不住露出微笑，這讓潘寧頓更感氣惱。

「潘寧頓小姐，我們的年輕小姐得為這個受點教訓，」柏綺小姐的神色一整，嚴肅地說：「她最近畫的這些粗鄙圖畫很令人頭痛，而且這些圖真的很下流齷齪！她已經畫過一次，就會接二連三再畫更多次。叫蘇珊拿我的樺木條來！我要在怒氣還沒消退之前處罰她，不然我太心軟，也許就放過她了。」

我撲跪在地，哀求校長原諒，還發誓：「不會了，我再也不會做這種事了。」

柏綺小姐回答：「在妳畫這些不堪入目的畫之前，就該想到後果了。一想到我教導的年輕小姐們之中，竟有人會畫出這樣的東西，我真覺得可怕。如果責打妳，能把這些下流念頭也逐出妳的腦海，我連一刻也不會耽誤。」

潘寧頓小姐抓住我的手腕，肅穆神色之下暗暗得意。這時蘇珊出現了，這個約莫二十歲的漂亮女僕身材壯實，拿著一大捆用紅色天鵝絨絲帶整齊束著的樺木條，我看了不禁心生恐懼。

「碧翠絲．勃金韓小姐，」柏綺小姐開口了：「現在跪下，坦承妳的過錯，然後親吻木條。」她從蘇珊手中接過那一捆樺木條，朝我遞伸，彷彿女王將權杖遞給向她祈求的臣下。

我驚慌不已，只希望我的懲罰能愈輕愈好，還有這躲不過的杖打能趕快結束。我悔恨交加地跪下，滿臉是淚，哀求她在正義感能容許的範圍裡寬大為懷，我說我知道她要給我的懲罰，都是我活該應得的，以後會記住絕不再侮辱潘寧頓小姐，對於畫這些諷刺她的圖像，我感到非常抱歉。然後我親吻木條，屈從命運的安排。

潘寧頓小姐不懷好意地說：「哎呀！柏綺小姐，這虛假的懺悔來得還真快，只消看那捆木條一眼就得了。」

柏綺小姐說：「這個我很清楚，潘寧頓小姐，不過就算是主持正義，也必須在適當的時刻展現仁慈。來，不守規矩的小畫家，把背後的衣服撩起來，露出妳的屁股，準備接受應得的公正處罰吧。」

我顫抖著雙手撩起裙子，還被要求連內褲也拉開，接著她們就把我的裙子和襯裙拉到肩膀上固定住。我被逼著趴在一張書桌上，蘇珊站在我前面，抓著我的雙手，老潘寧頓和剛走進教室的法文老師合力抓住我的腿，我就這樣無助地呈大字型趴著。

揮動樺木條的同時，柏綺小姐嚴肅地環視周圍：「看好，我希望妳們這些小女孩都能把這次處罰當作警告。我們碧翠絲小姐為了她那些不正經（我個人覺得還算隱晦）的圖畫，合該受到這樣有損顏面的對待。妳！妳這個沒規矩、愛搗蛋的小傢伙，還敢再這樣做嗎?我打妳，一下，再一下，全是為了妳能很快學好。哎！妳可以喊出聲來，還有幾下要挨呢。」

這捆木條打在我光裸的屁股上，力道駭人，嬌嫩肌膚火辣辣地疼，好像再挨一下就要皮開肉綻了。「啊！啊！噢！噢，老天爺！饒了我吧，夫人。噢！我以後絕不會再做這種事了。啊……嗯！我受不了了！」我尖叫起來，木條每次落下，我都死命掙扎、雙腳亂踢，一開始她們幾乎抓不住我，但是我很快就因為奮力掙扎而氣空力盡。

「妳可嘗到木條的滋味了！希望這能教妳學乖，妳這個不乖的小女孩；如果我現在不糾正妳，以後整個學校都會跟著墮落。啊呀！妳的屁股已經又紅又腫了，不過我還沒教訓完呢！」話語方落，柏綺小姐的怒氣更甚。

這時我瞥了一眼她的臉，她一向面容蒼白，此刻卻因激動而兩頰泛紅，雙眼波光流轉，甚是少見。「啊！」她接著道：「年輕小姐們，當我必須拿出木條的時候，妳們可得小心了。碧翠絲小姐，這滋味妳覺得如何？讓我們都看看這滋味有多好！」她每次狠抽時，更刻意對準我屁股和大腿上的傷口。

「啊！噢！啊……嗯！好痛啊！哦，柏綺小姐，您再不高抬貴手，我真的要死了。哦！老天啊，我被打得怕了啦！我的屁股開花了，這木條好像又熱又燙，打下去像火燒一樣疼啊！」

然後，我覺得好像一切都結束了，而我馬上就要死了。我一開始只是哭泣，之後就低聲啜泣、呻吟，接著歇斯底里般地嚎啕大哭。哭聲愈來愈小，後來我大概就暈厥了。因為之後的事我全無印象，醒來時已經在床上，臀部刺痛、滿是瘀血。這次痛打留下的傷痕，將近兩個禮拜之後才完全癒合。

我滿十二歲之後，她們覺得我算是大女孩了，幫我分配了一個室友，在此我就喚她做愛麗絲・瑪奇蒙。這個美麗的金髮女孩，有一雙帶桃花的大眼，身材豐盈，肌膚質地光滑飽滿有如象牙。她似乎很喜歡我，我們倆同睡一個小房間，同床的第二晚，她就親暱地對我又親又摟，一開始我有點困惑。她肆意地對我上下其手，我心裡頭小鹿亂撞，雖然已經熄燈，我還是能感覺到，在她熱情親吻我的雙唇時，我的兩頰火燒般地紅，當她的雙手在我身軀最私密處游移探索時，我忍不住渾身顫抖。

「妳抖得好厲害啊，親愛的碧翠絲。」她問：「妳在害怕什麼呢？妳也可以在我身上摸摸看啊，很好玩的。把妳的舌頭伸到我的嘴裡，這樣很能挑起慾望，我很想這樣愛妳啊，親愛的。妳的手呢？來，放在這邊，妳感覺不出來嗎？我的陰部上開始有毛毛長出來了。妳的也很快就會開始長了。用手指在我的肉縫上摩擦，就是那裡……」就這樣，她以最柔情蜜意的方式，引導我學習手淫的藝術。

如你所猜想，我雖然年輕，卻是個天資聰穎的學生。她的撫摸令我血脈賁張，而她吸吮我舌頭的感覺真是滋味絕妙。「啊！噢！摩用力一點，用力一點……再快一點，」她嬌喘一聲，兩腿伸直，全身像痙攣般地一陣陣抖顫，我覺得整根手指都被什麼溫暖黏稠的東西給浸溼了。她吻遍我全身，片刻之後又躺下，一動也不動。

「愛麗絲，這是怎麼一回事？妳好怪哦，還把我的手指也弄溼了，妳這個壞女孩，」我一邊笑，一邊悄悄說著，「再用手指搔我癢嘛，我開始喜歡這樣了。」

「妳當然很快就會喜歡上囉，親愛的，而且妳會很愛我，因為我教妳這麼好玩的遊戲。」她一面回答，一面又開始摩搓我，這樣的動作令我全身歡暢、渾然忘我，酥麻難忍的感覺襲湧而上。我求她直接把手指往裡面插。「噢……噢！好棒啊！再深一點！用力一點！」當我最後被她弄得達到處女的第一次高潮時，我幾乎因為強烈快感而暈厥。

隔天夜裡我們又再度沉浸於情慾歡娛之中，她拿出一條香腸般的物事，是用小山羊軟皮革做的，堅硬無比、昂然挺立。她讓我趴在她身上，要我把這硬物塞進她身體裡上下抽動，我的舌頭在她口中翻攪，她一邊和以前一樣摩搓撫慰我。感覺快活極了。我不知怎麼形容她的狂喜激情，手裡物事的抽插似乎令她極盡銷魂、欲仙欲死，當她攀附著我的身軀時，她幾乎狂喊出聲：「啊……噢！好小子，妳要弄死我了！」大量愛液汩汩流洩，沾得勤奮摳弄的我滿手都是。

等我們回復平靜一陣子之後，我馬上就問她叫我好小子是什麼意思。

「啊，碧翠絲，」她回答：「我現在好睏了，明晚我再告訴妳我的故事吧，然後告訴妳為什麼我的小穴裡放得進那東西，但是妳的現在還不行。親愛的，這會為妳啟蒙，讓妳再多領略一點『人生哲學』。現在吻我一下，今晚就讓我們先睡下吧。」

愛麗絲・瑪奇蒙的故事

你可以想像，第二天我急不可遏，盼著夜晚趕快降臨。一進我們的小小密室，我馬上喊著：「就是現在，愛麗絲，趕快上床去，我等不及要聽妳說故事了。」

「親愛的，我會說給妳聽的，還會用手讓妳舒服呢。不過，妳得先讓我好好地寬衣解帶啊。無論如何，我不能先跳上床，得先檢查一下我下面細小鬈翹的毛毛。碧翠絲，妳覺得它們看起來如何呢？把妳的睡衣脫掉吧，我想比較看看我們的小穴。」她邊說邊把身上衣服都褪下丟開，然後站在大穿衣鏡前審視自己的迷人裸體。我很快也脫得一絲不掛，站到她身邊。

「碧翠絲，妳的小肉縫這邊微微鼓起，真是可愛啊。」她輕喊著，邊拍撫我的恥丘。「這裡對比起來很好看吧，我的是淺金色，而妳的呢，會是深褐色的。妳看，我這柔軟鬈曲的陰毛已經長到半英寸多了哦。」她變換著各種刺激小把戲，折騰個沒完，直到最後我的耐心都耗盡了。我將睡衣一套，跳到床上，說我覺得她說要講個故事根本是在糊弄我，還說如果她不滿足我的好奇心，我就不會再讓她愛我了。

「妳竟然懷疑我的話，這樣實在太不禮貌囉。」她喊著，跟著我上了床，冷不防掀開我的睡衣，在我的屁股上打了清脆的一巴掌。她笑著說：「打這一下，讓妳學個教訓，以後不敢再懷疑年輕淑女的話。雖然我覺得應該讓妳再等到明天才算懲罰，不過現在妳可以聽我的故事啦。」

又再一會兒，等我們兩個都在床上親暱地窩好之後，她開始說故事：

很久很久以前，有一個叫做愛麗絲的小女孩，她約莫十歲大。她的父母親很富裕，她們住在一個由美麗花圃和優雅莊園所環繞的漂亮房子裡，她有一個大她兩歲的哥哥。因為只有這個女兒，愛麗絲的媽媽很疼愛她，從來不讓小女兒離開自己的視線範圍，只有愛麗絲在莊園裡閒逛玩耍的時候例外，這段時間由管家威廉負責照看她。

威廉大約三十歲，英俊瀟灑，從小就在愛麗絲家工作。愛麗絲很喜歡威廉，常常在他坐在樹下或庭園椅上時，坐在他的膝上，讓威廉念書裡的童話故事給她聽。兩人之間十分親密，當他們獨處的時候，她會叫他「親親老威利」，而且和他平起平坐。

愛麗絲是個愛發問的好奇女孩，她的問題常惹得威廉先生面紅耳赤。她問威廉大自然中發生的種種，問動物怎麼生小動物，問為什麼公雞要這麼粗魯地對待那群可憐的母雞，不僅跳到牠們背上，還用尖喙啄牠們的頭……「親愛的，」威廉會說：「我不是母雞，也不是母牛，我怎麼會知道呢？別再問這些傻問題啦。」但是，愛麗絲小姐才不會這麼輕易就被打發，她會回答：「哎呀，威利，你知道的，只是不告訴我，我要知道嘛……」她努力想獲得知識，不過徒勞無功。

日子就這樣過去，一直到了某天，有一件小女孩以前從未注意過的事挑起了她的好奇心，那時候她再過三、四個月就要滿十二歲了。這件事與威廉有關，他有個習慣，會在早餐時間之前，七點到八點之間的一小時中，假藉料理家務的名義，一個人躲在餐具室或小房間裡。愛麗絲曾試著敲門，但是門從裡面反鎖，威廉也拒絕讓她進入。鑰匙孔封得密實，所以也沒辦法試著由孔中窺看。

不過，愛麗絲突然想到，只要她可以進入那條有經過餐具室後方的走道，也許她就能偷看一眼威廉的這個神祕場所。她知道以前有門可以通往這條走道，這扇門上半部是玻璃，現在已經封住不用，而走道的兩端各通往一扇上鎖的門。走道上有個朝外的小窗，大約四英尺高，陽光可以透過小窗射入，小窗內側只有用一個掛鉤鉤住。愛麗絲爬上高腳凳一試，很快就發現她只要打破小窗的其中一個菱形玻璃窗格，就能把掛鉤拿開。她相信如果等到第二天早上，她就能知道威廉究竟都在忙些什麼。她可以由這扇小窗進出卻不被別人發現，因為這扇窗被一叢茂密的灌木遮得嚴實，幾乎沒有人會經過這叢灌木。

隔天一早，她告訴貼身女僕，早餐前她要到花園去呼吸新鮮空氣，然後她就飛快趕到觀測位置，顧不得灰塵沙土就爬過小窗。一踩上棄置不用的走道，她馬上脫下靴子，躡手躡腳地爬到玻璃門邊，沒想到窗格實在太髒了，根本沒辦法看到裡面，她氣惱不已。

不過，到目前為止她還算幸運，因為她找到一個可供她好好窺視的大鑰匙孔，還在木板上找到兩、三個裂縫，所以她幾乎可以看清楚每個角落。餐具室上方有天窗，所以室內光線十分充足。威廉不在，不過他很快就出現了，帶著一個大餐具籃，裡面是前一天使用過的餐具。剛進來的幾分鐘裡，他很忙碌地邊看著餐具冊，邊數著湯匙、叉子等等。但他很快就忙完了，接著就從抽屜裡拿出來一本小書開始看。

這時候，露西大剌剌地進來了。她是女僕中數一數二標緻的，大約十八歲，有著深色頭髮。她說：「喏，還有些你的餐具，是從餐具櫃那邊收下來的。該收拾的餐具都沒有收齊，你的眼睛長到哪兒去了呀，威廉先生？」當威廉環住露西的腰時，他的眼中似乎閃耀著歡喜，他在她的頰上印下火辣的一吻，回答：「喲，我可是專門留給妳來收的，小親親，我早知道妳會把餐具帶過來。」他指著那本小書：「妳覺得這個姿勢怎麼樣啊，寶貝？這樣做妳喜歡嗎？」女孩很興奮，不過當她看到插圖的時候，還是從臉到髮根都羞紅了。書掉到地上，威廉將她拉到自己的膝上，想把手伸進她的衣服裡。「哎呀！不要，不要啦！」她低聲喊著：「你知道我今天不行嘛，也許明天就可以了。你今天一定要乖乖的啊，先生。你的小頭別這麼粗魯地亂頂嘛。乖啊……乖啊……我幫你摸摸嘛……現在我得走啦。」她邊說邊伸手往下到他腿間，但是要摸什麼卻看不清楚。一、兩秒鐘之後她跳起來，不管他怎麼努力挽留，她還是溜出了餐具室。看得出來，威廉正處於極度興奮的狀態，他坐倒在沙發上，口中喃喃說著：「小妖精，真是個小惡魔啊！我快克制不住了，她明天肯定可以的。」愛麗絲正殷切地窺看著，當她看到他的褲子前面的鈕釦都解開了，還有一根肉棒似的龐然巨物從裡面探出來，她驚得目瞪口呆。這巨物看來又硬又直，前端棒頭有著紅寶石般的顏色。威廉一手握住它，看起來是想將它放進及膝褲中，但是他好像又有點遲疑，轉而用右手蓋住肉棒，上下摩搓了起來。

「啊！我竟然讓她把我逗成這樣，真是個傻瓜啊。噢……噢！我忍不住了……不行了……」當他加快右手動作時，他似乎在呻吟著。他的雙頰潮紅，兩眼圓瞪，過了一會兒，有什麼東西從他的傢伙噴了出來，一滴一滴落在他的雙手和腿上，還有幾滴甚至噴了將近一、兩公尺遠，落在地板上。這似乎為他的高潮畫上了句點。有好幾分鐘，他倦怠無力地陷在沙發中，接著才振作起來，用毛巾擦拭雙手，把噴出來的每一滴都清理乾淨，然後才離開餐具室。

看完之後，愛麗絲全身上下都像火燒般熱烘烘的，但是她直覺地猜到，這個祕密只揭露了一半，她決定第二天還要再到這裡來，看看威廉和露西會做什麼。威廉一如往常地帶她去散步，讓她坐在膝上，念故事給她聽。愛麗絲揣想著早上看到的情景，不知道那根又硬又大的東西會變成什麼樣子。她一邊露出最為天真無邪的表情，一邊不經意地用手觸碰他，希望可以摸到那隻巨獸，可是卻只有感覺到他口袋中軟趴趴的一團而已。

第二天一早，愛麗絲就到玻璃門後可以偷窺的地方等候。她很快就看到威廉先生帶著他的餐具進來，但他只是把餐具擱在一邊，煩躁地等待露西到來。「啊！」他喃喃地說著：「一想到這個風騷小寶貝，我就硬得像根擀麵棍一樣……」不過，露西本人一出現，他的念頭就被打斷了。露西先是小心翼翼地將門從裡面拴上，接著就撲到他臂彎中，披頭蓋臉地親吻他，低聲喊著：「啊！我這三、四天都好想要啊。每個月都有這麼一回，讓女人不能盡情享受，真是可嘆啊。我的它今天早上過得好嗎？」她慌亂地用手解開威廉褲子的鈕釦，一把抓住他蓄勢待發的巨棒。

「妳真是太著急了，露西！」她的愛人幾乎要被她吻到喘不過氣來，忍不住輕喊。「別因為耐不住性子就破壞了氣氛嘛，我要先好好吻妳一下。」

他溫柔地使力，讓她往後躺到沙發上，再將她的衣服撩起，直到整雙白皙勻稱的美腿都裸露著，連愛麗絲也看得一清二楚。然而，最令愛麗絲目眩神迷的是露西的陰戶，恥丘之上覆蓋著一層豐密鬈曲的濃黑陰毛，兩片陰唇微翹、鮮紅嫩滑，當她的雙腿分開時，穴口微張，分外誘人。

管家跪了下來，將他的嘴唇緊緊貼在她的肉縫上，大力地親吻吸吮，弄得女孩興奮不已，一邊呻吟一邊扭動。到後來威廉再也把持不住了，他站了起來，立在露西兩腿之間，扶著堅挺肉棒對準花心，抵著微張的小穴就直捅進去，直到整根都沒入露西體內，愛麗絲看得驚詫不已。有好一會兒，他們兩人靜靜地一動也不動，享受肉體結合的感覺，直到露西向上抬動她的臀部，而管家也以用力衝撞回應，接著他們就開始了更為精采淋漓的奮戰。愛麗絲可以看到那男根在露西的蜜道中來回抽插，潤滑的淫液粼光閃閃，每次抽出來的時候，露西的蜜穴嫩唇好像都眷戀難捨地磨纏不放，似乎很怕失去這麼美味的蜜糖棒。但是沒過多久，他們的動作就愈趨猛烈，直到最後兩個人都一陣痙攣、緊抱對方，幾乎要昏死在彼此懷中。愛麗絲可以看到一股黏稠如奶油般的汁液正從露西的蜜穴中汨汨流出，在激情肉搏之後，兩人雙雙躺倒，似乎渾身的精力都被抽盡了。

威廉先打破沉寂：「露西親愛的，妳明天能不能打探一下？妳也知道，再過一、兩天，瑪莉那個愛告密的老女人就要放完假了，等她回來，我們就不會常有這種機會。」

露西：「啊！你這無賴，我本來還想再來一下的，我才不管會不會被抓到呢。我現在就要！」她邊說邊用臂膀夾纏著他，同時緊緊吻住他的嘴，將迷人雙腿勾到他的臀部上，很快地搖動起她的粉臀，兩人又再度合體交纏。其實威廉是個壯實的男人，不過露西在春情澎湃之際，似乎全不在意他身軀的重量。

管家找了種種藉口想推托，說他擔心會被發現，主人也有可能傳喚他什麼的，但是露西毫不動搖。她很有技巧地挑逗他，他也很快就和她一樣情慾高張。在一陣陣的呻吟喘息、浪叫嬌啼、共效魚水之後，他們很快雲收雨歇，再次進入歡好後短暫的忘我境界。然而，威廉心中十分緊張，很怕露西休息太久。他將陽具從她的小穴中抽出，小穴此刻溼淋滑漉，愛液混著精液流出，閃閃發光。可是這肉棒和先前的樣子好生不同啊，愛麗絲現在看到的它小多了，耷拉著如焰般紫紅的肉冠。

露西跳起身，把衣服拉下來，接著跪在她的愛人跟前，她握著他軟綿綿的那話兒，柔情款款地親吻吸吮它。威廉十分陶醉，臉頰因為歡愉又再度泛紅。露西親完之後，愛麗絲看到威廉的那話兒又變得硬邦邦的，隨時可以和露西再戰一場。

露西輕笑著：「就這樣吧，我的乖男孩，我就讓你這樣站著，到明天都要想我哦！我忍不住要好好親一下這個寶貝嘛，它真是讓我舒爽極了！有那麼一會兒，我覺得好像飛上天堂了。」

他們最後又親吻了對方一下才分開。威廉仍舊將門鎖上，而愛麗絲也離開那裡，整理好衣服後準備去吃早餐。

那時候是五月，上午晴朗而溫暖，吃完早餐後，愛麗絲很快就出門到莊園內的綠地遊玩，威廉負責照看她。她的血液沸騰，渴望能夠親自體驗令露西縱情享受的歡快感覺。他們一路漫步到湖邊，她要求威廉划船載她玩一下。威廉用鑰匙開了船屋的門，把她牽到一艘雅緻的小船上，這艘船寬敞舒適，船內經過細心布置，有著柔軟的椅座和靠墊。

「在這裡好舒服哦，不會曬到太陽，」愛麗絲說：「威利，你也到船上來啊，我們在這裡坐一下子嘛，在划船之前，你要先念故事給我聽。」

「愛麗絲小姐，都聽您的。」威廉回答。他踏入船中，坐在船尾的座位上，舉動格外有禮。

「哎，我的頭有一點疼，讓我靠在你腿上。」愛麗絲說完就丟開她的帽子，順著一個靠墊躺了下來。「威利，你今天早上為什麼這麼一板一眼的啊？你知道我不喜歡人家叫我小姐，你可以留著喊露西去。」注意到他面露困惑之後，她又說：「臉紅沒關係的，先生。如果告訴你，我已經看到你和露西小姐一起做的那些事，你會想在腳下挖個洞鑽進去的。」

愛麗絲懶洋洋地將頭靠在威廉腿上，當她朝上看到他臉上因為聽到她的話而浮起的困惑神情，心中很感得意，接著她就假裝要穩住身體，刻意將一隻手放在隱約藏於他褲襠中的隆起之上。她繼續說著：「威利，你覺得我的腿以後會像露西的一樣那麼漂亮嗎？我應該很快就能穿長洋裝了吧！你不覺得嗎，先生？老是要這樣露出我的小腿，我開始覺得怪難為情的了。」管家極力克制，想維持儀態。但是，早餐前和露西共赴巫山的情景，還活色生香地盤據在他腦海中，因此當愛麗絲提及露西，又將一隻柔軟小手擱在他私處上時，雖然他一直都把愛麗絲看得像羔羊一樣天真純潔，他還是忍不住血液滾燙、慾望翻騰了起來。他試著緩和壓制，但是那不受約束的分身又漸漸地腫脹起來，直到他可以確定，她肯定已經感覺到它在她的手掌之下的搏動。他卯足力氣，輕緩地挪動了一下身體，好讓她的手往下滑移到他的大腿上。他確信愛麗絲肯定什麼都不會知道，盡其所能以嚴肅的口吻回答她：「妳今天早上是在和我鬧著玩吧。妳不想要我念故事給妳聽了嗎，愛麗絲？」

愛麗絲臉上泛起異樣的紅暈，興奮地說：「你這淘氣鬼，這次你可得把我想知道的都告訴我啦！小嬰兒是怎麼來的？什麼是黑森林？醫生大夫和看護都說嬰兒是從那裡出來的。那不是女人肚子下面鬈曲的一叢毛嗎？我知道露西有，而且啊先生，我還看到你親了她那裡！」

威廉覺得自己隨時都會昏厥，他眉毛上的汗珠積得斗大，張不了口，也說不出話，而愛麗絲還軟語呢喃著：「今天早上的事我都看到啦，威利親親，你那根巨大的紅頭怪物好像讓她非常享受呢。你一定要讓我知道這個祕密，我絕不會告訴別人的。就是你那麼用力塞進她裡面的那個怪物嘛！我一定要看看它、摸摸它，你看我摸得它這麼硬了。哇！這個東西好好玩哦！我可以跟露西一樣把它掏出來。」她將威廉的褲子拉開，讓那桀驁不馴的情慾發動機露了出來。她親吻紅色絲絨般的綿軟小頭，邊說著：「這個東西摸起來好軟好可愛啊。噢，我一定要好好把玩一下。」她的撫觸有如星火，撩動刺激著他的感官，他張口結舌、驚喜交集，默默順從了這個任性小女孩的怪誕要求。然而，這樣新鮮的姿勢讓他興奮到不能自已，滾燙的精液從他的陰莖噴洩而出，灑得愛麗絲滿手滿臉。

「啊……」她喊出聲來。「我昨天早上就是看到它這樣噴出來。它在露西身體裡的時候也會這樣嗎？」

威廉現在已經稍微恢復神智，他用自己的手帕為她擦拭臉頰和雙手，又把那粗野傢伙收了起來，才開口道：「噢！我的老天，我都昏了。愛麗絲，妳做了什麼？糟透了！別提這個，我以後絕不再陪妳出來散步。」

愛麗絲突然啜泣了起來。

「噢，噢！威利，你好狠心！你覺得我會去告狀嗎？我只是要跟露西一起分享那種歡樂嘛。噢，那你要像之前親她一樣親我，親完我們今天就不再講這個了。」

威廉極愛這個小女孩，所以他實在沒辦法拒絕這麼甜美的要求，不過他只是很快地吮吸了一下她那未曾開苞過的小穴就適可而止，因為他擔心自己的澎湃情慾可能會驅使他當下就辣手摧花。

「你可愛的舌頭舔得我好舒服哦。它好會搔我癢啊，讓我全身都熱呼呼的了，可是你親太快了啦，而且停下來的時候，好像剛好是感覺最美妙的時候呢，親愛的威利。」

愛麗絲一邊說，一邊對他又親又摟，熱情似火。

「溫柔一點，寶貝，妳不該這麼衝動的。妳年紀還這麼小，玩這個遊戲很危險的。有別人在的時候，不管是在看我還是注意我，妳都得很小心自己的態度。」威廉邊回吻她邊說著，這種關係如此醉人，他覺得自己已經抵擋不了誘惑。

「啊哈，你是怕露西。」愛麗絲說，年幼如她，卻有異常敏銳的觀察力。「最好的方法，是讓她也知道這個祕密。我會趕走我的侍女，反正我本來就不喜歡她，然後再問媽咪可不可以讓露西來服侍我。這樣不是很好嗎，親愛的？這樣子，我們玩小遊戲的時候就很安全啦。」

這時候，管家的頭腦冷靜下來，比較能拿主意了，他不得不佩服她做這樣的巧妙安排，也就同意了。接著他將小船推出去，載著她划了一下船，讓兩個人沸騰的血氣都能降溫，也安撫一對歡快跳動、雀躍不已的心。

接下來兩、三天都是陰雨天，不適合到戶外散步，而愛麗絲趁著這個空檔，讓母親把她的貼身侍女換成露西。

專侍小姐的女僕睡的小房間有兩扇門，一扇通往走廊，另一扇則直接與小姐的居室連通，讓女僕可以自由出入。

露西搬進新房間的第一天，夜裡她回房歇息，躺在床上想著職務的變動，揣想著她現在要怎麼樣才能偶爾與管家偷歡。還不到半個小時，愛麗絲就出聲喚她。不一會兒，她就到了小姐的床邊詢問：「愛麗絲小姐，我能為妳做什麼呢？妳覺得不夠暖嗎？最近晚上真的是又溼又冷吶。」

「是啊，露西，」愛麗絲說：「一定是因為這樣。我覺得好冷哦，而且都睡不著。妳能到床上來陪我嗎？有妳在，應該很快就會暖和起來了。」

露西跳上床，愛麗絲緊偎在她胸前。雖然好像是要取暖，但其實愛麗絲是想感覺一下露西身體的曼妙曲線。

「露西，妳親我，」愛麗絲說：「我就知道，妳一定比瑪莉更讓我喜歡。她真是讓我受不了。」露西滿懷憐愛地回應她的要求，愛麗絲一邊將手按在她的床伴的胸脯上，一邊說著：「妳的咪咪好大哦，露西。讓我摸摸看嘛。妳把睡衣拉開，我就能把臉靠在它們上面了。」

新任的貼身女侍天性溫藹博愛，她接受了小女主人對她做出的種種親密舉動。愛麗絲的小手開始在她的身體上逡巡探索，感受著她柔嫩結實的雙峰、腹部和臀部。愛麗絲的撫觸似乎令她的血液躁動發熱，撩撥著她體內的每根快感神經，她喘著粗氣，一遍又一遍地吻著她的小女主人。

愛麗絲：「妳的屁股好美啊！妳的皮膚也好豐潤、好有彈性哦，露西！哦，天啊！妳肚子下面這麼多毛毛是怎麼回事啊？親愛的，它們是什麼時候跑出來的啊？」

露西：「噢！小姐，請妳別這樣吧，太沒有禮貌了。再過兩、三年，妳的身體也會變這樣的。它一開始長出來的時候，我也被嚇到，感覺實在太奇怪了。」

愛麗絲：「我們都是女孩子啊，互相摸一下沒關係的，不是嗎？妳也摸我看看，很不一樣吧。」

露西：「噢，愛麗絲小姐！」她將小女孩赤裸的腹部摟著貼向自己的腹部，「妳不知道，當妳摸我那裡的時候，真讓我覺得舒服無比。」

愛麗絲一聲輕笑：「那我們的管家威廉先生摸妳的時候，有讓妳覺得更舒服嗎，親愛的？」她邊說邊用手指摳搔著露西密林間的肉縫。

露西：「太下流了，小姐！我希望妳不會把我想成這樣，會讓他碰我……」語氣中明顯帶著些許困惑。

愛麗絲：「別害怕啊，露西，我不會說出去的，不過我什麼都看到了，就從他那間餐具室的舊玻璃門。啊！妳看，現在我也知道這個祕密了，所以你們要讓我也加入一起玩。」

露西：「噢，我的老天！愛麗絲小姐，妳看到什麼了？我會馬上被趕出這個屋子的。」

愛麗絲：「哎，哎，別害怕嘛，妳知道我很喜歡威廉先生，絕對不會做出任何傷害他的事，但是妳不能獨享他啊！我要妳來做我的侍女，就是不要讓妳吃醋亂猜，而且守住這個祕密。」

露西既憂且懼，她喊著：「什麼！愛麗絲小姐，他竟然敢糟蹋妳，這隻禽獸！他真敢這麼做的話，我會殺了他！」

愛麗絲：「妳冷靜點，露西，別那麼大聲，會被別人聽到的。他什麼都還沒做，不過我看到了，他把那根傢伙放進妳的小縫裡的時候，妳好興奮，所以我決定要和妳共享那種歡樂。別吃醋啊，我們三個人可以很快樂地在一起。」

露西：「親愛的，那樣做會讓妳痛死的，他的大傢伙會當場把妳撕裂。」

愛麗絲親密地吻著她：「不要緊的，妳只要保密，什麼傷害我都不怕。」

露西以回吻代表同意這個約定，兩個人接著共度了如膠似漆的一晚，親吻摩搔、花招百出。愛麗絲幾乎從她的床伴那裡，學全了床笫鏖戰中的所有神祕細節，最後她們才在彼此臂彎中沉沉入睡。

天氣很快轉晴，在管家的隨侍之下，愛麗絲又像往常一般出門散步。他們很快地走入莊園較遠那側的一叢茂密矮樹林之中，在一片無人可窺見的草地上坐下。

體貼周到的威廉不僅攜來一把傘，還帶了大衣和斗篷，他怕愛麗絲著涼，將衣物鋪攤在草地上讓她坐。

「啊！你這個貼心的老傢伙。」愛麗絲一面說著，一面坐好，然後牽著他的手，將他拉下身來靠近自己。「我現在什麼都明白了，你要讓我變成女人、讓我開心，就像你對露西做的那樣。你一定要做，威利親親，我馬上就會讓你克制不住，非做不可。」她解開他的褲子鈕釦，把玩著他早已硬挺的陽物。「它真是迷人啊，我好想感覺它在我的身體裡噴出汁液哦。我知道那樣很痛，可是不會痛死我的，痛過之後呢，啊……我知道，你就會讓我感受到那種好像飛上天堂的極樂了，就像你跟露西在一起的時候對她做的那樣。你會怎麼做呢？你要躺在我身上嗎？」

威廉完全無法抗拒她的愛撫，而且已經興奮到就快射出來的程度。他讓她雙膝著地、跪在他的臉頰上方，他自己平躺著，如此他就可以先用舌頭潤滑她的處女蜜穴。他的動作煽動了小女孩的慾望，令她興奮不已。她面向著一直握在手中搓摩著的雄偉陽剛，在情慾驅使之下，她將自己的下體壓近他的唇舌。威廉在高潮中激射而出，而愛麗絲也感受到第一次的處女高潮，歡愉中愛液汩汩流洩。

「現在可以了，愛麗絲小寶貝，我的傢伙已經充分潤滑過，妳的小穴也已經準備好了。如果我在上面，可能會太過粗魯弄傷妳，最好的方法是讓妳試著自己來，跨在我身上，把它的頭對準妳的洞口，然後保持從上往下壓向它。一開始會有很痛的感覺，但是只要還可以忍耐就不要停。這個實驗能不能成功，完全取決於妳的勇氣。」威廉解說著。

愛麗絲：「啊！我會讓你看到我的決心。」她照著他的建議，將他的陽具頭部在她的穴縫口放好，很快地將身體沉了下去，陰莖最前端一英寸已經被小穴含住了。

這時候，脹撐擴張的疼痛幾乎已經超過她能忍耐的極限，但她突然用力往下一坐，雖然這一坐帶來的駭人劇痛差點令她昏厥，但那陰莖卻插入了至少三英寸。

「妳真是個勇敢的女孩，親愛的愛麗絲，」威廉語帶愉悅地說，「在妳覺得可以忍受的時候，把身體往上抬起一點，然後用盡全身的力氣往下坐。它現在已經插進去了，再用力一次，妳的童貞之身就完全屬於我了。」

「就算用力的時候死掉了，我也不在乎。」她柔柔地細語著。「別管它會讓我有多疼，威利親愛的，這次你要盡你所能地幫我。」跨在他身上的她再次將身子抬起，他扶持著她的雙股，要助這個神色肅穆的女孩一臂之力。

她緊咬牙關，雙眼一閉，身子再次下死命地往威廉的情慾鋼矛上一沉，處女膜破裂，他的陽物整根捅入她體內。但這幾乎要了她的小命，她往前撲倒，昏死過去。這時，殷紅鮮血細細滴淌，證明了愛慾戰場上勝利的血腥本質。

管家抽身而起，身上沾滿了她的處女鮮血，但他對於這樣的緊急情況早有準備，立刻拿出可以讓她甦醒恢復的藥物，不一會兒就成功令她醒轉。愛麗絲睜開雙眼時露出一抹微笑，輕柔地對他耳語道：「啊，最後那一下真是痛死我了，不過現在好了。你為什麼要把它拔出來呢？噢，馬上把它放回去吧，親愛的，讓我試試嘛，露西說它射到裡面的神奇汁液，可以讓我受傷的地方很快就好起來。」

他吻住她的唇，溫柔地將陽具頭莖挪到她仍染著血的蜜穴縫口，再慢慢地推進，直到四分之三都插了進去。然後，他不再深入，而是緩緩地、小心翼翼地開始抽動。潤滑的愛液開始增加，他可以感覺到她的陰道緊包著他，熱情地收縮著，讓他很迅速地又再度面臨一觸即發的危機。他突然用力往前一頂，陰莖直沒至根部，將雄性精華盡皆射入她的腹中，而他也幾乎因為極度亢奮而暈厥。

他們躺著，一動也不動，享受著對方肉體加諸的緊縮、壓迫，直到威廉抽身而起，拿出一條精緻的細綿白手帕，先將女孩陰唇上的處女鮮血擦淨，再揩抹自己的矛器。當他將這只染紅的手巾放入口袋中時，他宣誓將永遠保存著它，以紀念她懷著無限愛意獻給他的童貞之身。

管家十分謹慎，不想在同一天再度沉溺魚水之歡。充分休息之後，愛麗絲回到屋宅之中。對於自己的犧牲，她沒有感到太多不適，反而感到歡喜，因為確保了忠實親愛的威廉對她的那分情愛。

未曾預見的事件發生得如此之快，共享幸福的完美計畫轉眼成空。就在同一天，愛麗絲的父親聽從了醫療顧問的指示，要遷至歐洲南部，第二天早上就要到城裡去，做好所有必要的安排。他帶了管家同行，愛麗絲的母親則留在宅中，等到將兩個孩子都送去寄宿學校安頓好之後再跟過去。

在這樣的狀況下，露西跟她的小女主人彼此盡可能地互相安慰。數日之後，一位姨媽接管了愛麗絲家的房子，愛麗絲被送到這所學校。而現在呢，就在妳的臂彎裡了，親愛的碧翠絲。我哥哥在中學念書，我們只有放假的時候才會見到面。親愛的，妳能不能問問妳的監護人，看下次放假的時候可不可以讓妳和我一起度過？我會把妳介紹給腓德烈，他啊，如果我沒弄錯，就跟他的妹妹一樣生性好色。

第二部

我和我的好床伴幾乎每晚都縱情於種種刺激花招，這部分我只需以一句話帶過，不管到任何地方，你都不可能找到技巧比我們更精湛的一對少女愛侶。

我得等到聖誕節假期的時候，才能認識腓德烈，我和愛麗絲已經私下決定要將為我破處的任務，交付給腓德烈。在我們用手指戳插了這麼多次，加上愛麗絲那根偶爾用來聊以自慰的皮香腸，我們覺得這個任務應該不會太難達成。

我的陰丘和小穴現在的樣子很完美，已經隱約可以看到一些鬈曲褐色恥毛冒出頭來。那時候我快滿十三歲了。十二月的一天早上，天氣乾冷舒爽，我們離開學校之後，乘馬車到了愛麗絲家的莊園宅邸。她的姨媽在門口迎接我們，但我只是目不轉睛地看著站在她身旁的腓德烈，他很年輕，大約十七、十八歲，身形卻帶著十足陽剛味，面貌氣質幾乎與其妹不相上下，確實是個很迷人的年輕小伙子。

自從聽過愛麗絲和威廉之間那令人想入非非的故事，我每次看到男性時，不論他們是長是幼，總是特別注意他們褲襠裡隆起的那一團。觀察到腓德烈先生很明顯地尺寸傲人，忍不住芳心暗喜。

愛麗絲將我介紹給她的親人，但是很顯然地，我在腓德烈眼裡只是個小女孩，還不夠資格參與男女間調情示愛的嚴肅事務。所以，我和愛麗絲之間第一次的私密會談，就在討論最好用什麼方法讓他眼界大開，對於妹妹的朋友可以再稍微多注意些。

我和愛麗絲同睡一間。當晚也是我第一次見到露西本人，露西睡在和愛麗絲的臥室相連的小房間。腓德烈的房間在我們這間的另一側，也就是我們的隔壁間，我們可以輕敲牆壁互傳信號。兩個房間之間有一扇門連接兩邊，但為了不讓人從這裡進出，一直以來都以鎖門栓住不用，從門上的鑰匙孔可以窺看到另一個房間的內部。

只待稍微留神觀察，我和愛麗絲很快就確信，露西和她的小主人之間，有著非比尋常的親密關係。愛麗絲決定要利用他們的關係，來達成我們的目的。

她很快就說服了她的貼身侍女，告訴露西不能一個人霸占享用腓德烈，當她得知露西那天夜裡就會等腓德烈到小房間來找她時，她決意來個移花接木，要露西跟她一起睡，讓我去頂替露西，做腓德烈少爺的相好。

我迫不及待要實現這個計謀。晚上十點鐘時，我們都回房準備歇息，我暫時取代了露西的位置，躺在她的狹窄小床中假裝熟睡。露西已經在門鎖上抹了油，所以開門時不會發出什麼聲響，在刻意布置之下，小房間裡一片漆黑，連會有昏暗星光透入的窗戶，都被我們用帘幕遮得密實。

和我料想的差不多，門在大約十一點的時候靜悄悄地開了。透過走廊燈光，可以看見一個人影，全身上下只套了一件襯衫，小心翼翼地溜進來，靠近床邊。門掩上了，房中全無光線，我膽戰心驚地感覺著他的逼近，我渴望許久卻又暗自恐懼，這個將奪走我初夜的男人。

「露西？露西！露西！」他低喊著，幾乎就在我的耳畔。毫無回應，清楚傳進他耳裡的，是人熟睡時才會發出的深沉呼吸聲。

「她沒怎麼想我嘛，不過，我相信，只要讓她腿間多個東西，她馬上就會醒來的。」我聽到他喃喃自語著，然後被單就被拉開了，他鑽進被窩，靠到我身邊。露西平時晚上會把頭髮放下來，而我現在也跟她一樣。我感覺他在我臉上印下一個暖熱的吻，他的一隻手臂偷偷繞過我的腰，抓著我的睡衣，好像要往上拉。當然，我只是像狐狸一樣瞇著眼裝睡，但是想到命運中的那一刻即將到來，還是忍不住渾身顫抖。

「妳抖得好厲害啊，露西。發生什麼事了？哈囉？這是誰來著，不是妳嗎？」他的語氣急促。我半喘著粗氣，半低語著：「噢，嗯，愛麗絲……」當他將我的睡衣往上拉的時候，我翻了個身，用力環抱著他，但還是保持熟睡的樣子。「我的天啊！」我聽到他說：「是那個小鬼頭！在露西床上的，竟然是碧翠絲！我可要留下來捉弄她一番，現在烏漆抹黑的，她肯定認不出我來。」

他的雙手在我身上游移著，似乎要摸遍我全身；我可以感覺到他那不安分的陽具，抵在我們兩個赤裸的腹部之間。雖然我已經興奮得全身好像有火在燒，我還是裝睡，任他為所欲為。

他的手指在我的小縫中試探著，還摩搓著小巧的陰蒂。我感覺到他先將腿移到我的雙腿之間，接著就溫柔地把他的龜頭放在蜜縫之中。我實在太興奮了，小穴中突然流出一股黏稠愛液，把他的陽具和手指都弄溼了。「這個小鬼頭，睡著也可以高潮；我敢說，這些女孩子平常一定會互相手淫。」他又自言自語著。他第一次與我兩唇相接，他的臉和女孩子一樣光滑沒有鬍鬚，所以一點也不用擔心會被發現。

「啊，愛麗絲……」我低喃著，「用妳那根香腸插我吧，對了，親愛的，把它插進去。」他的陽具緩緩地推進的同時，我的身體也往前推抵。他忽地用力，我們的身子猛地貼緊，痛得我幾乎尖叫出聲，不過還是緊張地用手環抱著他的身體，讓他可以盡量對準花心。

「輕點兒……」他悄聲說著：「碧翠絲，親愛的，我是腓德烈，我不會弄痛妳的。妳究竟怎麼跑到露西床上來的？」

我現在才裝出一副懵然醒轉的樣子，低聲驚叫，試著將他推開，我喊著：「噢！

噢！你弄得我好痛！噢……好丟臉，不要這樣。噢！放開我吧，腓德烈先生，你怎麼能這樣對我？」然後我似乎全身力氣都用盡了，躺在那兒任憑他一面毫不留情地抽插衝刺、恣意逞歡，一面企圖用吻封住我的嘴。我迷茫了。雖然很痛，但是因為我們很常用手指或皮香腸插入什麼的，花徑裡似乎通暢無阻，他很快就完全占有了我。不過，由事後在睡衣上發現的漬跡可知，這次征服還是留下了鮮紅的印證。

腓德烈盡可能地利用機會，他以驚人的精力持續抽插，最後我忍不住回應他那美妙的衝撞；我們兩人都側躺著，我挪動屁股，在他的剛勁矛器每次回馬戳刺時，剛好接個正著。不一會兒，我們就同時浸淫在洶湧如潮的歡愉之中，相濡以沫。在情慾的狂風驟雨之中，我們喘著粗氣、擁吻彼此、四肢溫柔相壓交纏，最後相偕癱倒，陷入狂歡後的慵懶無力……突然間，被單不知是被人掀開還是扯走，然後，啪！啪！啪！我和腓德烈的屁股都挨了幾下好打，愛麗絲輕脆愉悅的笑聲在黑暗中響起：「哈哈哈！腓德烈先生啊，這就是您在學校裡學來的嗎？這邊，露西，來幫忙；我們得抓緊這個壞蛋，好好懲罰他一下；帶著燭火過來。」

在腓德烈找到機會開溜之前，露西就帶著燭火出現了，進來之後她立即鎖上房門。我根據愛麗絲先前的指示，裝出驚慌失措的樣子，緊緊地攀在腓德烈身上，還試圖將脹得通紅的臉埋入他胸口。我看得出來，看到我和腓德烈兩人身軀相連交纏，露西似乎覺得好玩極了。

腓德烈完全被弄糊塗了，他一開始很害怕妹妹會去告他的狀，但當他聽到愛麗絲接下來說的話，他稍微安心了一點。「我該怎麼辦？我總不能跟姨媽這個老小姐講吧。我真沒想到，親愛的小碧翠絲才來第二天就被欺負了，就在我的眼皮子底下！如果爸爸、媽媽還在家，他們會知道怎麼處理的，可我現在得自己決定了。腓德烈啊，你說，你願意為這件事挨一頓好打嗎？還是，我應該寫信給爸爸，然後明天一早把失身的碧翠絲送回家？而且你得答應會娶她，先生！現在你已經把她給糟蹋了，誰還會要她呢？你覺得誰會在知道內情以後，還要接受一個破罐子呢？有誰在新婚洞房夜發現的時候，不會想休了她呢？沒有人！你這個壞傢伙，我決定了，我不但要懲罰你，還要讓你承諾在能力範圍之外，給予她應得的補償。」

我開始哭泣，哀求愛麗絲不要這麼嚴厲，替腓德烈求情說他沒有弄得我太痛，而且最後其實也有撫慰到我受創的身心。

「我的天啊，」愛麗絲擺出一副成熟女人的姿態，說著：「小女孩跟小男孩一樣不乖，碧翠絲，如果妳不那麼委曲順從，任由他對妳亂來，這件事根本就不會發生。」

緋德烈掙脫我的纏抱，跳了起來。他對於自己目前的地位毫無所覺，摟著他妹妹的脖頸，親暱無比地吻著她，他的那話兒甚至不安分地鑽進她睡衣裡，戳磨著她的腹部，他一面伸手在她的茂密陰丘上撫弄著，一面說著：「好可惜啊，愛麗絲，妳是我妹妹，不然我也可以讓妳像碧翠絲那樣好好享受一下的。我會接受妳的懲罰，再嚴格都沒關係，我也答應，將來會娶這個小寶貝當我的妻子。」

愛麗絲：「你這個不要臉的傢伙，敢這樣辱沒我的淑女矜持，還在我面前露出你那沾了血的男人玩意兒。我要懲罰你，為碧翠絲，也為我自己出一口氣。你現在是我的犯人了，到隔壁房間去！那裡有我從學校帶回來搔癢用的好玩東西，沒想到這麼快就能用上它了。」

到了愛麗絲的房間之後，愛麗絲跟露西先將緋德烈的雙手綁在床柱上，然後順手將他的腳踝綁在房內的一個沉重箱子的把手上，這樣他全身可以伸展開來，又不會太難受。

愛麗絲從抽屜裡拿出她的樹枝條，指揮著：「來，把他的襯衫往上捲到肩膀那裡再固定住，我看看，至少要在他的屁股上打出幾道血痕，這樣碧翠絲就可以用手帕沾幾滴他的頑劣血液，紀念她輕易獻出的處女之身。」

莊園主宅很大，這條廊道上有幾間房間，現在只有我們住的這幾間有在使用。毗鄰的幾間是為賓客預留的，他們在接下來的幾天才會到訪，預備和我們一起度過聖誕假期，所以我們不用擔心會被家裡其他人聽到，愛麗絲也不用擔心她教訓腓德烈會有什麼後果。

愛麗絲抖抖手上那捆枝條，用力一揮，枝條如轟雷般，重重擊在腓德烈渾圓白嫩的屁股上。這一打可嚇得犯人魂飛魄散，看得出來他本來只是在等著看有什麼好玩的。「啊！老天啊！愛麗絲，妳會把我打破皮啦！妳要搞清楚自己在做什麼啊，我跟妳討價還價，可不是為了這個。」

愛麗絲露出滿意的微笑：「呵呵，你覺得我是要跟你玩嗎？你很快就會發現自己弄錯了，先生。你啊，下次還敢這麼放肆，對我的年輕淑女朋友做出這種下流無恥的事嗎？」

她下手又快又狠，同時口裡教訓著他，他已經挨了六、七下，每一下都在他的雪白屁股上留下長長的血痕印記，讓他的屁股像桃子一樣鼓脹泛紅。在枝條下受害的腓德烈發現自己孤立無援，只好咬牙切齒、徒勞無功地發怒。最後他爆發了：「啊！啊！妳這惡魔！妳是想把我屁股上的皮都剝了嗎？妳小心點，不然我很快就會找一天好好報復妳的。」

愛麗絲看來十分冷靜堅決，但眼中閃現著無比興奮的光芒：「噢！你生氣了，對不對啊？所以，你的意思是要報復我囉？是要報復我現在伸張正義的單純行為嗎，先生？我會讓你繼續待著，好好教訓你那個粗魯無禮的屁股，一直到你誠心誠意地請求我寬恕你，然後發誓不再動任何報仇的邪惡念頭。」

我們的受害者氣急敗壞、全身抖動，不過她下手力道更重，他的雙股上已經布滿粗長的紅腫傷痕，猙獰似火。「啊哈！」她接著道：「你覺得滋味如何啊，哥哥？我是不是應該下手再用力一點啊？」

腓德烈絕望地扭動著，想要掙脫束縛，但是她們把他綁得很牢，他根本沒辦法鬆脫。恥辱的淚水在他的眼眶中打轉，但他還是頑強不屈，我也注意到他已經勃起得很明顯，陽具很快地就自他的腹部怒挺而起。

愛麗絲故意裝出憤怒的樣子：「看看這傢伙，還這樣暴露出他的淫蕩玩意兒，他根本就是在羞辱我。我真希望能一棍把它打斷。」她反手一揮，嚇人的樹枝條橫落在他的肚子和陰莖上。

腓德烈痛得慘嚎出聲，斗大的淚滴滾落在他的臉頰上，他氣喘吁吁地說：「噢，噢！啊……愛麗絲，妳饒了我吧。我知道是我活該被打。噢！親愛的，可憐可憐我吧！」

愛麗絲手上的力道絲毫未減：「噢！你開始覺得痛了，是嗎？你真的知錯了嗎？先生，你剛剛在另一間房裡侮辱我，現在馬上求我原諒！」

腓德烈：「噢！愛麗絲，親愛的！住手，別打了！妳打得我快要喘不過氣來了。都聽妳的！求妳原諒我。噢！我不是故意要讓我的老二這樣豎著的。」

「躺下去啊，你躺下去啊！你的主人都為你覺得丟臉吶！」愛麗絲一面說著，一面用她手中那捆枝條挑弄著他的那話兒。

腓德烈似乎苦痛難忍，不停地抽搐扭動，最後竟然呻吟著說：「噢，噢！愛麗絲，放開我吧。我發誓，我什麼都照妳說的做。噢……噢……啊！妳逼我的……」他閉上眼，我們看著他的陰莖猛地噴出一股精液。

愛麗絲扔下她的木條，我們把犯人放開來，他已經垂頭喪氣如一隻鬥敗公雞。

「好啦，先生，」愛麗絲說：「跪下來，親吻木條吧。」

他一言不發，雙膝落地，親吻那一捆已經七零八落的木條，口中說道：「噢！愛麗絲，剛剛啊，最後那幾分鐘美妙得好像要升天了，什麼皮肉痛都蓋過去了。親愛的小妹，謝謝妳的處罰，我會說話算話，對碧翠絲負責的。」

我用手帕擦去他屁股上微微滲出的血滴，然後我們給他喝了幾杯酒，讓他當晚跟露西一起睡在她的小房間裡。他們倆享受了極為激情旖旎的一晚，我跟愛麗絲也盡情徜徉於纏綿愛撫之中。

你可以想見，要不了多久，腓德烈就再度與我同床尋歡，他的妹妹也深以我倆之間的歡娛為樂。不過，她似乎特別喜愛使用木條。每個禮拜中會有一、兩次，她會要我們都到她房間去，來一場她所謂的「條教」大會，我跟露西要先充當挨打的一方，挨打後才獲准到我們共享的愛人懷抱中，讓他撫慰滿足我們的旺盛情慾，屁股上雖然熱辣辣地疼，但這似乎更添情趣。

聖誕節來到，數名賓客也駕臨莊園，要與我們共度佳節，來的都是年紀和我們相仿的年輕淑女和紳士。愛麗絲的姨媽年事已高，不便參與我們年輕人的娛樂活動，只想當個忠實的管家，看顧好莊園就滿足了，所以每天晚餐之後，我們幾乎想做什麼都可以。

不算姨媽的話，我們一共有五位男士、七位女士。我和愛麗絲很快就調教好五位年輕淑女朋友，讓她們和我們一樣熟嫻床藝、男女通吃；腓德烈也讓他的幾位青年朋友預做準備，養「精」蓄「銳」。

元旦那天是他的十八歲生日，我們決定當晚在走廊上舉辦一般的狂歡派對，露西也會來幫忙。冰塊、三明治、香檳等點心、飲料，都已經備齊。姨媽嚴格要求我們最晚凌晨一點就要上床歇息，所以我們也遵守她的囑咐。當天晚上，我們跳舞、玩遊戲，度過美妙的晚間時刻，但是我們直覺想到，上樓以後才是最為暢情縱慾的香豔逸樂，忍不住面泛潮紅、難掩興奮。

姨媽一向睡得很沉，而且耳背得挺嚴重。腓德烈假藉舉杯慶賀生日之名，不停地灌僕人們酒，他先讓他們喝啤酒，再喝葡萄酒，接著又要他們喝一小杯威士忌當作睡前酒。所以我們可以很放心，他們全都會睡得很沉，事實上有兩、三個連床都還沒搆到，就趴倒了。

腓德烈是儀式的主持人，愛麗絲是他最得力的助手。如我先前所說，我們全都興奮難抑、蓄勢待發。其他人都出身最上層的貴族家庭，他們體內似乎流著最為純正的貴族血液。我們聚到愛麗絲的臥室，發現她只穿了一件單薄的長睡衣。「女士和先生們，」她開口道：「我相信大家都同意要來一場徹底的性愛狂歡；你們都看到我的打扮了，喜歡嗎？」她壞笑著：「希望穿著這件，不會讓我的身材露太多。」她將睡衣往身上拉緊，衣下透出誘人臀部的輪廓，包裹在粉紅長筒絲襪中，令人想入非非的一對美腿，也露了出來。

「太棒，太棒了！太美了，愛麗絲！妳就是我們的榜樣。」大家紛紛報以讚賞。每個人很快地各自回房更衣，然後衣著輕便地回來。不過，年輕男士們卻因為襯衫後側下襬太短，惹來一陣笑聲。

愛麗絲：「嗯哼，男士們，我保證，我完全不覺得你們的上衣短得令人尷尬。」

腓德烈一邊笑，一邊伸手抓住他妹妹的睡衣一扯，撕下好大一圈，這下子愛麗絲身上的睡衣長度只到屁股了，她的俏臀露了一半出來。

愛麗絲面上緋紅、半是嗔怒，但是很快就恢復心情，笑著說：「啊，哥哥，這樣對待我，你可真不害臊。不過，如果你讓大家都變這樣，我可是不會介意的。」

女孩們驚呼出聲，男士們則火速出手；場面十分精采刺激，年輕小姐們以撕破對方襯衫來回敬那些辣手摧「衣」的男士，初次短兵相接就在所有人都被剝到完全赤裸的狀態下落幕。我們看著眼前紛陳盡現的陽剛英挺和柔潤渾圓，不禁面泛紅雲。

腓德烈端著滿滿的一杯香檳發言道：「我們都聽說過『赤裸的真理』，現在就讓我們敬『真理』一杯吧。這是我們第一次與她共度，我相信她會是最迷人、最好相處的。」

大家一起舉杯致意，入口美酒點燃了慾望，場內沒有一個男性器官不是雄糾氣昂地挺立著。

愛麗絲：「女士們，看看這些無賴小伙子，他們該不會以為，不管怎樣我們都會屈服於他們的年少氣盛吧。應該把他們的眼睛幪起來，然後我們各自拿著一捆上好木條當武器，接下來就各顧各的，讓愛神之箭眷顧我們每個人。」

「好啊，好啊。」女孩們紛紛響應，很快地用手帕幪住男士們的雙眼，七捆木條也分配傳遞到女孩手上。「好啦，男士們，看你能抓到誰囉！」愛麗絲一邊笑，一邊衝到男士們身旁左右揮打，其他女孩很快地有樣學樣。房間很大，足以讓我們在裡面盡情追逐嬉鬧。女孩們像小鹿般靈活好動，有很長一段時間，男士們的耐心受到嚴峻挑戰，他們像無頭蒼蠅般到處亂撞，卻在站穩腳步之前，圓白屁股上多挨了好幾下木條。

最後瓦瓦索家的千金小姐失足跌在年輕的巴克頓侯爵身上，他那時正臥倒在地，馬上使勁摟住她的腰，緊緊攀著這落下來的獎賞不放，兩個人扭動掙扎的同時，還挨了好幾下打。

「別動，別動啊，」愛麗絲喊著：「她是真的被抓啦，必須認輸，讓我們把她當成供品，獻上愛的祭壇。」

露西很快地將一張小型的軟墊長沙發推到房間中央。男士們掀開幪著眼的手帕，笑吟吟地幫忙這一對就位。瓦瓦索小姐在下方，臀下墊著枕頭，年輕侯爵在上方，恰好跪在她的兩腿之間。他們兩個都是生手，卻是最為標致的一對。侯爵是個十七歲的俊俏小伙子，眼珠和頭髮都是深色的，身下的褐髮佳人和他極為登對，兩人的眼眸色澤也很相像。

他的陽具和她的小穴上精細點綴著柔軟鬈曲的深色恥毛。侯爵的陰莖怒挺著，包皮往後退去，露出誘人如大顆紅寶石的紫紅色龜頭。在腓德烈的建議下，侯爵把龜頭抵在佳人的殷紅蜜縫上，她的雙腿分開，陰唇微張、春光畢現。龜頭與陰唇的接觸似乎令她更加興奮，兩頰上紅暈更甚。情慾的箭矢慢慢地進入了處女桃源的外圍。腓德烈繼續扮演著導師，對著年輕勇士的耳朵悄聲指示著。勇士也和佳人一般滿臉通紅，但是當他感覺到座下悍馬已經踏入身下佳人翕動的蜜徑時，他立刻長驅直入、直攻花心，他一面推頂抽送，一面使盡渾身的力氣摟抱她的嬌軀，還吻住她的檀口，試著不讓她因吃痛而喊出聲來。

此情此景，套句凱撒的話，正所謂：「我來，我見，我征服。」侯爵的首次出征十分莽撞，瓦瓦索小姐似乎承受不住，她躺的姿勢讓她處於被動，卻有意外好處，處女膜在侯爵第一次衝刺時就破裂了。侯爵很快就完全占有了她，整根陰莖都沒入花徑之內。他停住一會兒，她睜開眼，淺淺一笑：「啊！那根真的好尖，不過我已經開始感覺到歡愛帶來的舒暢了。現在繼續吧，親愛的男孩，我們很快就能搧起大家的慾火，讓他們也學我們做。」

為了挑戰他，她抬動粉臀，還愛憐地將他壓向自己的胸脯。兩人忘情地交歡，看得我們全都情慾高漲。當他們高潮後雲收雨歇之時，有人將燭火全給吹滅了。我們在迷糊中笑鬧成一團，男士們試著捉住佳人，親吻和喘息聲此起彼落。

我被一隻強壯的手臂攬住，還有一隻手朝我的蜜穴掏摸著，有人在我耳邊細語著：「真令人開心啊！是妳，親愛的小碧翠絲。我不會弄錯的，所有女孩兒裡，只有妳那裡還沒長出毛來。吻我吧，寶貝，我好想插進妳那緊窄的小穴裡，想得都快爆炸了！」我們的唇舌交纏、熱烈擁吻。愛麗絲的床剛好離我們很近，我的男伴讓我仰躺在床上，把我的腿架在他的手臂上，對準我的飢渴小穴，很快就直搗黃龍。我緊緊地掐捏著他，他興奮非常，差一點就要直接射出來，但是他忍住了，一陣狂抽猛送之下，頂得我欲仙欲死、極盡銷魂。高潮席捲而來，一波接著一波，我們整整大戰了六個回合，最後一次高潮的時候，我忘乎所以，極度亢奮中還咬了他的肩頭。他最後抽身退開，沒有告訴我他是誰。房間裡依然一片黑暗，周圍淨是男女歡合之聲。之後我又和兩個新男伴各做了一次。只要一息尚存，我絕不會忘記那一夜。

第二天我從腓德烈那裡得知，查理．瓦瓦索是我的第一個男伴，而查理相信他在混亂之中和他妹妹也做了一回；後來瓦瓦索小姐向我坦承確有此事，不過她覺得當時她哥哥並不知情，而且她實在抵擋不住品嘗親哥哥滋味的誘惑。

在這次的狂歡派對之後，我們的朋友圈中好像形成了一個祕密社團。任何人只要握手時加點勁，問一聲：「記得腓德烈的生日嗎？」就可以和聽懂意思的人恣意歡愛。之後，大家好幾次以實際行動回味那天的歡娛，我也參與其中。

第三部

回到學校之後，我和腓德烈之間魚雁往返，來回信件都夾附在他和愛麗絲的信件中。時光荏苒，兩個女孩子間沉迷的種種情色遊戲，我想你都能想像，或許你想到的比我敘述的還要精采。接下來幾年，我就不再贅述。一直到我滿十七歲那一年，長輩們急著讓我進入社交圈，希望我在露臉之後很快找到好丈夫，他們就能卸下監護人的重任。

第一次去愛麗絲家玩之後，她就很黏我，還請她姨媽代為說項，請求我的監護人讓我在成年之前到她家長住。如此安排恰合他們心意，因為這樣我就可以多見世面，結識更多貴族男子，看誰有可能被我的容貌吸引。

負責引薦我和愛麗絲的是一位女性長輩，聖卓姆夫人。她在信中提到，我倆初次亮相的時候，不巧碰上珂莉珊小姐第一次露面。豔冠群芳的她是公爵夫人的掌上明珠。聖卓姆夫人說，如果年輕的洛泰爾沒有對珂莉珊一見鍾情的話，我們還是有那麼一丁點兒機會，被這個現在最炙手可熱的佳婿人選看上[2]。信上還寫說，公爵夫人為了慶祝寶貝女兒進入社交圈，在克雷西大宅舉辦舞會，而聖卓姆夫人已經拿到了邀請函，我們會在那裡見到珂莉珊小姐和洛泰爾。

接下來三個禮拜，我和愛麗絲都興高采烈地準備正式露面所需的行頭。我將母親留下的珠寶送去打成符合時尚的樣式；每隔三、四天，我和愛麗絲就相偕進城去找幫我們設計帽子的師傅。

在大日子的前一天，我和愛麗絲在她姨媽的陪伴下到達聖詹姆士廣場，聖卓姆勳爵的城內宅邸就在這裡。聖卓姆夫人風姿綽約，她大約三十歲，膝下無子。夫人在晚餐前為我們引見了她的外甥女，克蕾兒·阿倫黛小姐，還有服事聖卓姆家族的寇曼神父，以及隨侍教宗庇護九世的貝里克蒙席大人[3]。晚餐很豐盛，晚間時光十分輕鬆愉快，寇曼神父的文雅趣談和蒙席大人的橫生機智令人莞爾，他們似乎刻意避開宗教話題。阿倫黛小姐有著深金褐色的秀髮，她的藍紫色眼眸看來多愁善感、十分迷人，她似乎格外著迷於蒙席大人的如珠妙語。我和愛麗絲都注意到，她的神態有些異樣，我們懷疑府內女眷和這兩位神職人員之間，可能暗藏什麼不可告人的關係。

聖卓姆勳爵出城去了。在特別請求之下，我和愛麗絲同睡一間，房門外是一條寬敞走廊，走廊的一端是一間小禮拜堂，或者該說是祈禱室。一想到翌日就要正式進入社

2 洛泰爾（Lothair）一名，可能借自班傑明·迪斯雷利所撰之小說。迪斯雷利於一八七四至一八八〇年間擔任英國首相，小說《洛泰爾》是他在卸任後所寫，小說主角洛泰爾象徵英國，他周旋於三位小姐之間，其中兩位是珂莉珊小姐和克蕾兒·阿倫黛，分別代表英國國教和羅馬天主教。

3 「蒙席」是一種榮譽頭銜，由教宗頒賜給有功神父。

交圈，我們就興奮得坐立難安，加上有可能在城內遇到我們的老朋友，尤其是瓦瓦索家兩兄妹，我們根本難以闔眼入睡。愛麗絲忽地坐了起來，她說：「噓！走廊上有人走動。」她跳下床，輕輕地開了房門，我也跟過去靠在她身後。「他們到祈禱室裡去了，」她說：「我剛好看到一個人影閃了進去，我倒想弄清楚是怎麼一回事。等下如果聽到有人過來，我們只要躲到其中一個空房間裡就好了。」

說完以後，她就穿上拖鞋，披上一條披巾，我也照樣做了。我們做好冒險的準備，小心翼翼地沿著走廊前進，很快就到了祈禱室門口；可以聽到室內有人在低聲說話，我們怕被發現，不敢把門推開。

「噓……」愛麗絲悄聲說著：「我小時候有來過這裡，我現在想起來了，以前聖卓姆老夫人還活著的時候，會到祈禱室隔壁的房間去，老夫人的房間裡就有一條直達祈禱室的專用通道。」她一邊說，一邊轉動房間門把，「如果我們能進到這裡來，就什麼都能看到了。這邊安全得很，因為房間沒有人在用，而且聽說啊，老夫人的鬼魂會回來。」房門在她施力之下開了，我們溜了進去，房裡陰森幽暗，只能藉著外頭的月光依稀探看。

愛麗絲將我們身後的房門掩上，拉著我往前；我打了個冷顫，但還是鼓起勇氣，毫不猶豫地跟上。我們很快就找到一扇綠色粗呢鋪面的小門，在房間這側的門閂是拴上的。「妳看！」愛麗絲說：「這個小門會通到告解亭後面的角落，那邊很暗。」她輕巧地抽開門閂，然後我們就躡手躡腳地進到祈禱室裡，穿過告解亭和牆壁之間像是通道的地方，幸好有扇很大的細網格屏風遮著，沒有人看到我們。我們藏在屏風後面，還可以同時把祈禱室內部看得一清二楚。我們不只看到聖卓姆夫人和她的外甥女，還聽到她們和兩位神父熱切商談的內容，你一定難以想像當時我們有多麼驚愕。

寇曼神父：「嗯，克蕾兒修女，樞機主教已經下令，要妳無所不用其極，務必讓洛泰爾迷上妳；妳未來可能犯下的任何罪過，都已受到寬恕。」

貝里克蒙席對聖卓姆夫人說：「是的，我們這位阿嘉莎修女會盡她所能地協助妳。妳也知道，她是修女。我們根據教會最新的決策，允准一些修女姊妹結婚，因為她們與權貴人士的結合，對於教會將大大有利。聖布莉潔祕密修女會，就是世界上最有權勢的政治體系之一，修女會的所有成員都以肉體及心靈發誓效忠，沒有任何人會對她們起疑。我就直說吧，克蕾兒修女，我們剛剛已恩准妳成為這個神聖修女會的一員。由於樞機大人特別授權，有了修女會成員的特殊身分，妳就可以品味世間所有想像得到的極樂滋味，而這完全不會影響到妳在天國應得的獎賞。」

在明亮燭光照耀下，我們可以清楚看見阿倫黛小姐臉上的紅暈。當神父在她耳邊低語時，她聽得粉臉脹紅，叫喊著：「啊！不要，不要！現在不要！」

蒙席大人：「修女會規章第一條，就是加入之後要立刻懺悔苦修，而妳已經宣誓要以肉體及心靈效忠。阿嘉莎修女會幪住妳的雙眼，褪去妳的袍服，助妳以肉體進行苦修。」

聖卓姆夫人很快地將罩在她外甥女身上的睡袍脫下，現在只有睡衣可以遮住這個嬌美女孩的青春胴體。夫人麻利地用繃帶幪住她的明眸，拉著她讓她跪在靠墊上，雙手伏住祭壇的欄杆。寇曼神父握著一根以細繩編製的帶把輕鞭，夫人將克蕾兒的睡衣撩起，露出她的美背、秀臀和玉腿任神父鞭打。然後夫人退到一旁，坐在蒙席大人膝上。蒙席大人那時已經舒適地坐在靠近克蕾兒的一張大椅上，他摟著夫人的腰，吻著她的嘴，兩個人的手似乎熱情難擋地撫弄彼此的私處。

鞭子落在克蕾兒的秀臀上。神父每抽一鞭，都讓可憐的女孩痛苦地呻吟出聲，還在她柔嫩的肌膚上留下如紅絲帶般的長條傷痕。

神父一邊抽打克蕾兒，一邊訓勉灌輸她未來的職責，要求她發誓遵從他所有的指示。

可憐的克蕾兒，她的屁股很快就傷痕纍纍、血跡斑斑。這樣的景象似乎挑起了其他人的慾火，神父的那話兒劍拔弩張，直挺挺地從長袍開口間伸了出來。聖卓姆夫人騎在坐著的蒙席大人身上，激情豪放可比屠龍騎士聖喬治，她的愛液如湧泉般噴淋在蒙席大人的陰莖之上。

神父：「啊，修女姊妹，現在是肉體苦修的最後階段，妳必須將處女童貞獻給教會。」說完後，他拿出幾張精緻的大軟墊，將她臉上的繃帶取下，再讓她舒適地仰躺，還在她臀下多放了一張軟墊，呈現毫無保留、任他宰割的姿態。神父跪落在她的雙腿間，掀開身上長袍，我們可以窺見他在長袍下幾乎全裸。他往前趴在她的誘人肉體上面，在她耳邊輕聲說了些話，從她的動作看得出來，他是在命令她握住他的男性陽剛。她很快地伸手往下，看起來是用手把神父的陽具引到她的蜜縫前面。克蕾兒明顯已經慾火燃身，急著想撫慰受了殘忍鞭責之後熱燙腫痛的屁股，她用力將屁股朝上挪挺，承受神父的搗撞。在這樣推波助瀾之下，他很快就長驅直入，當他使勁捅破處女膜時，我們聽到克蕾兒因為疼痛而慘呼了一聲。有那麼一會兒，他們靜止在那裡，一動也不動，享受著性器結合、如膠似漆的美妙滋味，但是她按捺不住，把手放在神父的臀瓣上，將他按向自己，極盡嬌媚妖嬈。

這時候，已經完事的蒙席大人和阿嘉莎修女站了起來，蒙席大人撩起長袍的時候，還露出看起來毛茸茸的褐色屁股。他們一個人手執鞭子，一個人拿著一根細棍，興致高昂地開始抽打寇曼神父。神父屁股吃痛，他口裡呼喊哀求他們放過他，胯下狠命地往克蕾兒的下體衝撞鼓搗著，讓身下的她感覺暢快不已。克蕾兒扭腰擺臀，迭起的快感令她尖叫出聲，我們也看得頭暈目眩，這麼淋漓盡致的現場演出，對我而言可說是空前絕後。神父最後好像全射在克蕾兒身體裡面，然後又過了一會兒才從她的懷抱中抽身而起，她似乎仍戀戀不捨，不願意放開他。

看得出來他們正準備要離開祈禱室，我們覺得是該撤退的時候了。

第二天，聖卓姆夫人向眾人介紹我們，白天的夫人熱情活躍，阿倫黛小姐一貫嫻靜端莊，光看她們的樣子，根本沒有人能想像得出我們在凌晨時分親眼見證的情景。

我們當晚都參加公爵夫人的舞會。聖卓姆夫人特別把我介紹給卡里斯布魯克爵士，他是我的舞伴。洛泰爾和珂莉珊小姐也在舞會中，洛泰爾的舞伴是阿倫黛小姐，而珂莉珊小姐的護花使者則是布雷肯公爵。

不久之後，當晚舞會的第一男主角領著我去跳了一支四方舞，之後我們就閒逛到溫室裡，沒被什麼人瞧見。洛泰爾說話比我想像中風趣很多，聖卓姆夫人描述他的時候，總說他全心投入宗教，很快就會皈依為羅馬天主教徒。溫室很大，我們漫步著，直到外頭的音樂和笑聲聽起來都離我們有好一段距離，才在一座精巧噴泉後的座椅上坐了下來。他邊張望邊說著：「能從昏沌歡鬧中暫時抽離幾分鐘，感覺真好啊。」這時，我們聽到輕微的腳步聲逐漸靠近，聽得出來是一對甜蜜的愛侶。女士一邊嬌笑，一邊喊著：「啊，不行！你竟敢這麼膽大妄為；我絕不會背叛蒙太里的，就算只親一下也不行。」我們聽出兩個人正小力地推搡糾纏著，然後，女士說：「啊，你這惡魔，竟然這樣占我便宜！」接著就是唇瓣吻上柔軟臉頰的聲音。女士又說：「噢，別這樣！讓我回去。」但是男士很明顯正試圖勸慰她，我聽到他說：「哦，好嘛，冷靜一點，親愛的維多莉亞，噴泉那邊有張椅子，妳應該在那裡休息一下。」

洛泰爾聽了一驚，對我耳語道：「不能讓他們在這裡發現我們，他們會以為我們一直在偷聽。我們躲起來，什麼都別說。」他拉著我的手，我們繞到一個角落，那裡有好幾株枝葉扶疏的熱帶植物，剛好可以遮住我們。

我心裡頭怦怦直跳，我可以感覺到洛泰爾也心情激動。我們站著，手牽著手，一動也不動，看到那一對男女坐了下來，就在我們剛剛讓出的涼爽座椅上。原來男士是布雷肯公爵。我可以很清楚地看到他們，我相信洛泰爾也行。

蒙太里夫人：「哎，先生，別再這樣無禮地捉弄我了。請容我平復一下心情吧。」

公爵跪了下來握住她的手，夫人假意試著要抽出手，但是他緊握不放，說著：「最親愛的維多莉亞，請妳寬恕我對妳的深情。妳的眼眸如此勾魂，微翹的嘴唇如此性感，教我如何能不愛妳？就因為愛妳是個錯誤，才讓我愛妳的決心更為堅定，絕不放過可以一親芳澤的機會。抵抗也沒有用，這是我們命中注定的。愛神啊，為什麼要給我這樣的機會呢？」

她轉過頭去，擺出冰清玉潔的樣子，但是她的俏臉卻沒有因為他的唐突言詞而泛紅。公爵伸出一隻手將她的纖指按在自己的唇上，另一隻手呢？已經伸進她衣服裡。他撫摸著她，先是足踝，然後手慢慢地滑到她腿上。她在椅上不安地挪動著，但是他很猴急，很快就攻入她的祕密花園。她望著他，含情脈脈，他忽地站了起來，撩起她的衣裙，露出她裹在白色長絲襪中的修長雙腿，她的藍色吊襪帶上配著金色釦飾，大腿掩在緊身長筒內褲之中，縫工精緻的內褲綴著具花卉圖案的蕾絲飾邊。兩人的嘴唇也在同時緊緊相黏，公爵溫柔地用手分開她微張的雙腿，在她的大腿之間站定。不過是一下子的工夫，他露出他的愛慾矛桿，讓她把手放在上面，引領它進入情慾的庇護聖所。看得出來他們兩個人都太性急莽撞，因為才幾分鐘就完結了。

她很匆促地親了他，然後把她的衣裙拉了下來，邊說著：「真要命，不過我實在不想把衣服弄亂，只好讓公爵閣下稱心如意了。您這是霸王硬上弓吶。」她的臉上帶著一抹笑。「好啦，我們趕快回去吧，免得有人要找我們。」他吻了她，要求她允諾明天到貝爾格萊維亞區南邊的某處和他幽會，他說他們在那裡可以更盡情地享受彼此，然後他們就離開了。

目睹這短暫場景，我身邊男伴受了莫大的震撼，他的心情實在難以描述。當時，洛泰爾激動得顫抖著，我也渾身打顫，緊緊依偎著他，還故意用臂膀碰觸他的褲襠，我對裡面那團隆起一直很感興趣。我可以感覺到裡面的分身腫脹起來，似乎隨時都會掙脫束縛。他很緊張，抓著我的手，在公爵他們上演剛剛那一幕時，情緒緊繃得說不出話來。等到他們走開，他似乎才鬆了一口氣，帶我走出躲藏的地方。「難為妳了，」他說：「竟然看到這種情景。我一想到剛剛的景象可能會讓我也跟著失控，做出有損名譽的事，就忍不住發抖。啊！這個下賤的女人，竟然這樣背叛她的丈夫！」接著他終於正眼看著我說：「妳不覺得男人最好還是永遠都不要結婚嗎？」

我雖然對於這種事很是熟稔，但是他極端的情緒反應還是讓我很感同情，而我的焦慮煩憂也是真的發自內心。我回答：「啊！閣下，您真的太不了解現在的世道了，我昨晚看到的那些，比我們剛剛見到的還要齷齪下流呢，主角是一些宣誓要終身守貞的男人，他們說的我也聽到了，您就是他們惡毒計畫裡的受害者。」

「天啊！敬愛的小姐，請告訴我吧，那到底是什麼計畫。」他驚呼一聲。

我回答道：「現在還不能說，會有人發現我們偷溜出來的。我需要一個可以和您私下會談的地方，您知道可以去哪裡嗎？如果找到這樣的地方，明天下午兩點鐘，我在伯靈頓商場等您。我會稍微喬裝再出門，免得被認出來。」

他很快地把約定的時間地點寫在便箋本上，然後我們就趕回大廳，那時我們已經在外面待了大約二十分鐘。不久之後，我坐在愛麗絲旁邊，悄悄在她耳邊講述剛剛的「奇遇」時，蒙太里夫人走了過來，因為剛剛已經有人為我們引見過彼此，她就直接在我旁邊坐下。「啊！」她的神色狡猾，「妳很有希望抱走大獎哦，我妹妹珂莉珊就沒機會了。」

「我只跟他跳過一支舞。」我鄭重地回答。

「啊哈！」她笑了，「我可不是在說蘭謝舞，我是說你們不聲不響地到溫室裡頭散步去了。兩個人交頭接耳的，挺親密的嘛。」

「不過，我們可不像您和公爵閣下，單人舞卻不單人跳。」我笑著說，看到她臉上的困惑神情，很是得意。她驚訝得什麼都說不出口，眼神甚至透露出恐懼，我趕緊安撫她：「我是您的朋友，親愛的蒙太里夫人，我會為您保守祕密，我也希望您不會說出任何與我或洛泰爾有關的事。」

她緊張地捏了捏我的手，問我：「妳記得腓德烈的生日嗎？我不在場，但是我哥哥貝特倫有去，他跟瓦瓦索家兄妹一起。我們是表親，那時候查理因為生病，人很不舒服，沒辦法去，貝特倫就冒名頂替他。我已經接受啟蒙，是妳們的一分子了，我們會再見面的。」她又笑著加了一句：「我現在得去赴約了。」

晚餐有如仙境盛宴，唯一不同處在於我們吃的都是實在的人間食物，我們回到聖卓姆夫人家，滿心歡喜，特別是一想到將來可以享受的無窮樂趣，更是振奮不已。

第二天，我藉口說要和一名昔日同窗見面，自己出了門。下午兩點鐘的時候，我在伯靈頓商場裡閒逛著。洛泰爾準時來到，在我朝一家洋娃娃店裡探頭張望時，溫柔地在我耳邊說：「啊，小姐，您真是太好心了，我相信您是可以信賴的。我已經做了非常完善的安排，我們只要橫越這條路，就會到達伯靈頓花園中的布里斯托旅館，我已經用和表親共進午餐的名義，訂好了一套私人房間，旅館的人很清楚我的脾氣，不會來打探我們的事。」

旅館裡的女佣在臥室裡服侍我卸下斗篷、帽子，接著我馬上就到連接臥室的房間去找洛泰爾，桌上已經備好了豐盛午餐。

看得出來，洛泰爾已經不像前一晚那麼羞怯，他待我很殷勤，堅持要我在跟他說任何事之前先吃點東西。「更何況，」他說：「如果您要說的那段對話十分不堪，來點香檳可以讓您提起勇氣；昨天晚上的景象，真的讓我倆都飽受驚嚇，如果您那時激動之下提到的事，現在不願說清楚了，我也不會強迫您一定要說。」

他在用餐過程中的言談十分活潑風趣，我們快吃飽的時候，我請他喚人送一些牛奶過來。牛奶送來我這邊的時候，他正心不在焉地盯著一塊鵝肝醬的殘渣。我倒了一點牛奶在兩個香檳酒杯裡，然後狡詐地在他的杯子裡加了大約十滴的斑蝥酊。這種東西有催情作用，是愛麗絲給我的。「啊，閣下，」我說：「我向您挑戰，您敢以這杯香檳加牛奶向我保證嗎?這是我最愛的飲料，我覺得可口極了。」我把嘶嘶冒泡的香檳倒進杯子裡，先用嘴唇碰了碰杯緣，才將杯子遞給他。

他一飲而盡，興奮地雙眼發亮，然後將空杯往身後一扔，喊著：「這種東西，沒人會再喝第二次！這真是個挑戰，碧翠絲小姐，嘗過這個之後，只有荒謬現實可以滿足我了。」他站了起來，堅持要吻我一下，聲稱那就是他挑戰勝利的獎品。

「現在，」他接著道，一邊把我拉到沙發旁，「讓我們坐下來，聽聽看您之前暗示說有聽到的那番對話，是怎麼個齷齪法。那些混帳男人是誰呢？」

「就是貝里克蒙席大人和寇曼神父，」我回答，「您聽說過一個以聖布莉潔為名的祕密修女會嗎？裡面的修女將靈魂和肉體全都奉獻給教會。」

「沒有，從沒聽過，不過您繼續說吧，」洛泰爾說。於是我又說了：「這些修女都出身顯貴，就像我剛剛敘述的，她們將自己完全奉獻給教會，為了教會利益付出一切。她們不僅委身於教會裡的神父，滿足他們的色慾，還會和任何具有權勢的男子結婚，只要教會覺得這些男人可以透過裙帶關係操控。閣下，我說的這些修女裡，就包括聖卓姆夫人和阿倫黛小姐。」

「我真不敢相信啊，」洛泰爾喊著，「但是我沒辦法懷疑妳說的一字一句，親愛的碧翠絲，請讓我直呼妳的名字吧。」他滿懷愛慕地望著我，我看得出來，我剛剛讓他喝下的催情劑已經開始發揮些微功效了。我握住他暖得發熱的手，然後正視著他：「親愛的閣下，如果我先前曾想到您可能會懷疑我說的，就算只是有一點擔心，我也絕不會到這裡來。」

「叫我洛泰爾吧，親愛的，拋開那些綁手綁腳的矜持，」他說，他伸手環住我的腰，在我的臉上又親了一下，「繼續說，告訴我那些萬惡的神父究竟怎麼設計擄獲我。」

「聽我的勸，洛泰爾，」我繼續說，「你會發現克蕾兒小姐變得很不一樣，她的端莊嫻靜和淑女矜持已經被魅惑姿態和勾人媚眼所取代。主教下達的命令是，如果必要，她甚至要不惜犧牲她的貞節，不過我看到她已經將貞節獻給寇曼神父了。」接著，我就向洛泰爾描述我和愛麗絲在祈禱室裡親眼見到的煽情景象，聽到那些，再加上催情劑的作用，他似乎已經春情勃發、慾火難耐。

「名譽啊名譽！」他激動地高喊著。「啊……碧翠絲，親愛的，昨天晚上我還覺得我寧可丟了性命，也不要失去它，但是現在什麼都沒了，浮光掠影一般，一閃即逝。說到底，名譽又是什麼呢？不過是卑鄙、不可信的虛名假譽。我要得到妳，情慾之火啃噬著我，我已經無法抵擋了。一想到這樣做是褻瀆神的罪，占有妳的念頭就更為甘美！」他是個健壯的年輕男子，我的軟弱抵抗根本毫無作用。才一下子，我就被他推倒在沙發上，他的雙手很快就摸上了我久旱的小穴。他已經被色慾蒙蔽了心智，就算我使勁抗拒，還是屈服於他的淫威，我閉著雙眼，裝作害怕看到他赤身裸體的樣子。

他粗魯地將我的雙腿分開，當他撲倒在我身上的時候，我可以感覺到他那又熱又軟的龜頭正試圖頂開陰唇、擠進陰道。我用力掙扎，盡我所能地繃緊全身，因為我之前有將下體浸在濃明礬水中泡了很久，所以他會覺得我的陰道就像處女一樣，緊窄且難以進入。他的陽具碩大，害我痛得幾乎喊出聲來，但我還是盡力忍住。他一點一點地推進，終於突破重圍，在最後關頭噴出大量精液，充分滋潤了花徑。

「啊！親愛的……真是太美妙了。」他喊著。他趴在我身上，整根陰莖都在我的蜜穴裡，陰莖鼓脹搏動著，享受著小穴裡膣肉緊縮的銷魂快感。

我們的唇緊緊黏纏著，他的舌尖柔軟如絲絨，滋味絕妙，讓我無法抗拒，我不停吸吮著，直到我幾乎因為沒有吸氣而窒息。在我的柔情蜜意、婉轉承歡之下，他又射了一次。有好一會兒，他趴在我身上一動也不動，我們兩個氣喘吁吁，慢慢平復呼吸，然後我向上抬頂屁股，激他再做一回。

那次歡愛真是最為放蕩激情的一次。我沒辦法讓他累倒，他一次又一次地將愛慾汁液射在我毫不饜足的子宮裡，我們做了超過一個小時，才有一方同意暫停遊戲。

在性愛的過程中，我們就像連體嬰一樣緊密結合，驅動我們的心、靈都合而為一，同時，他高潮時將精液全噴向花心，我高潮時又將愛液和他的陽精一起洩出，一搗一磨、一往一復，直攪得蜜壺裡水乳交融、酣暢淋漓。

在我們都梳洗打理妥當之後，他請求我原諒他的一時衝動，允諾會娶我為妻。但是我提醒他前一天晚上他自己說過的話：「男人最好還是永遠都不要結婚。」而且對我而言，如果成了「已婚人士」，我就再也不能享受這麼甜蜜的兒女私情了。

「哈哈！」我笑著說：「你還有聖布莉潔的兩位修女姊妹可以好好享用呢！聽從我的建議，假裝落入她們的圈套。我會帶你加入另一個祕密社團，這是你連想都想不到的。這個社團的宗旨就是享受情愛歡娛，完全不用受那些荒淫好色的神職人員控制。接下來這一個禮拜之內，我們要再見一次面，你再告訴我進展如何。」

他眷戀不捨地與我分別。我回到聖詹姆士廣場之後，我發現蒙太里夫人帶來一封公爵夫人的請柬，邀請我和愛麗絲在返回鄉間之前到克雷西大宅住上幾天。

「真教人開心，」愛麗絲說，「公爵去巴黎處理事情，公爵夫人又常常身體不舒服，我們簡直就像住進性愛聖殿了嘛。」

那天晚上，洛泰爾和我們共進晚餐，雖然我們之間的關係已經不比以往，但不管是言語或神情，我們倆都絲毫不露破綻。

阿倫黛小姐對待洛泰爾的情態，不只嬌柔迷人，甚至到了魅惑勾人的程度。她跟他說話時笑容可掬，語調無限婉轉、情意綿綿。她的風姿綽約，連比洛泰爾還不易動情的男士們，都禁不起這樣的女性誘惑，將注意力轉到她身上。她那天穿著一件很夢幻的白色禮服，看起來聖潔有如天使，禮服上綴飾著剛從巴黎送來的紫羅蘭，頭戴紫羅蘭花環，鮮花的藍紫色澤和她的眼眸一樣深邃閃耀，和她深金褐色的秀髮形成搶眼對比。

我看得出來，洛泰爾已經為她著迷。他邀我們所有人明天乘馬車到里奇蒙和他一起用餐。愛麗絲開口婉拒了，她聲稱我和她待在城裡的時間不多，還要馬上開始準備赴公爵夫人的約，而且已經得到聖卓姆夫人的同意，第二天一早就會搬到克雷西大宅。

看得出來這樣的安排讓他們非常滿意。第二天，我們來到克雷西大宅，柏莎・聖阿爾貢夫人代表公爵夫人在門口歡迎我們，公爵夫人因為生病，只能待在房裡。蒙太里夫人領著我們到住的房間，她很快遣走僕役，再輪流擁抱我和愛麗絲，她說：「妳們兩個可人兒能這麼快就來，實在太好了！剛好趕上一場非常重要的慶祝儀式。媽媽以為我們明天都要去學會，其實我們是要去一個完全不同的地方。我直說啦，是要慶祝珂莉珊加入『帕緋色團』[4]，就是妳們也一起參與催生的祕密社團。聖阿爾貢爵士是這個圈子的靈魂人物，雖然他表面看起來冷淡又『軟弱』，其實他什麼都試過了，都是柏莎教他的。我們家的人吶，從不吃醋。妳們會在那裡遇見貝特倫、卡里斯布魯克和布雷肯。我們只需要再拉洛泰爾進來就大功告成，因為珂莉珊想要全都試過，看哪個她最中意。」

愛麗絲：「可是，我們不必非要等到明天啊，維多莉亞，妳不能今晚就在妳房裡幫我們開個小派對嗎？」

「好啊，」她回答，「不過，是只限女性的哦，就我們和珂莉珊。我的房間就在妳們隔壁。男士們會到俱樂部去，聖阿爾貢從來不在晚上跟女人做，還說一日之計在於晨，因為他的那話兒在早餐前肚子空空的時候站得最直、最挺。」

由於公爵夫人身體不適，家中的女眷就有了好藉口可以早點回房休息，在遣走所有女侍之後，我們聚在蒙太里夫人的房間，大家身上都只穿著一件薄睡衣。

柏莎．聖阿爾貢可真是絕色，有著深褐色的秀髮、水汪汪的深色大眼和性感的下巴，身體極富成熟風韻。維多莉亞．蒙太里也是美女，細緻的五官極具古典美，而小寶貝珂莉珊只穿著一襲極素淨的睡衣，沒戴任何飾物，看起來比平常更優雅動人。

我和愛麗絲都熱情地親吻珂莉珊，她也甜蜜回吻。

「那麼，今天要怎麼進行呢？」愛麗絲問柏莎。

「聖阿爾貢和蒙太里兩個人都在禁慾，為了明天的慶典保留體力，」她回答：「這些男人還真是虛弱啊，好像我們女人需要他們禁慾似的。哎喲，像我跟維多莉亞，做再多次都不夠。我們愈做，好像就愈想要，然後他們就更沒辦法滿足我們啦。要講女權的話，我們應該可以在丈夫沒辦法餵飽我們的時候，強迫他們找替身才對。」

「好吧，如果妳拿兩根高級假陽具來，我跟碧翠絲可以試著取悅妳們一下，而親愛的珂莉珊呢，可以用棍子打我們助興。」愛麗絲說。

她們很快地拿出假陽具，這兩根的尺寸在我們看來很是嚇人，它們是用上等橡膠製成的，經過高溫硬化處理，外型優美、做工精細，附件一應俱全。我們一將它們綁在身上，她們就在上面塗抹混合明膠和牛奶的黏稠汁液。大家現在都脫得一絲不掛。

柏莎讓我坐到她膝上，狂野地吻著我，她伸手撫弄那根假陽具，好像那是真的陰莖。「真是個好傢伙，」她笑著說：「用在我身上剛好，一點都不會太大。」這時我的手指也忙著搓揉她的陰蒂；她的唇緊黏著我的，幾乎吻到我喘不過氣來。在我的摩搓之下，她漸漸興奮起來，紅嫩小巧的陰蒂腫脹勃起。她把我拉到一張長沙發上，她的小穴

4 Paphian Circle：帕福斯（Paphos）為地名，位於地中海東部的塞浦勒斯（Cyprus），當地信奉愛與美的女神阿芙柔黛蒂（即羅馬人的維納斯女神），後人就用這兩個地名的形容詞「Paphian」及「Cyprian」來表示與情慾有關之事物，或者做為妓女的代稱。

已經愛液四溢，我把那玩意兒捅了進去，每次抽送，她的屁股都挪挺回應。同時，珂莉珊輪流抽打我跟愛麗絲，挨打的地方火辣辣地疼，這種滋味真是無比銷魂。柏莎緊緊地抓著我的屁股，右手的兩根指頭同時揉搓著我的後庭和小穴，我也以濃情蜜意回應她的愛撫，根本無暇顧及愛麗絲和她的伴。

那大概是我人生中最為神魂顛倒的一次體驗。情慾浪潮自四面八方席捲而來，我在其中載浮載沉，身下美人已經登上快感高峰，全身痙攣抽動，我們激情互吻，後庭被手指侵入的溫暖觸感和異樣挑動，似乎將我推上浪頭，當我挺著那根假陽具直頂到她身體最深處，我高潮了，整個人好像溶化在一汪瓊津愛液中。

過了一會兒，我請求柏莎扮演男士，我說想試試看她堅實的陰核，相信它一定可以讓我快感如潮。「當然可以囉，親愛的，」她說：「我常常這樣跟維多莉亞玩，把那根脫掉吧。」我們很快交換位置，我求她先到上面來，讓我可以親她的小穴，同時舔弄她那令人春心蕩漾的陰蒂。我們很快擺好姿勢，女性最神祕的桃花源谷，就在我眼前一覽無遺。豐滿陰丘上覆著瀅亮的黑色陰毛，邊緣略有起伏的鮮紅陰唇微微分開，中間突出的堅實肉蒂有將近四英寸長，大小和男人的拇指相當。我伸手撐開陰唇，用舌頭在最為敏感的區域溫柔地來回舔舐著，再張口含住那如明珠般耀眼的陰蒂，舌頭繞著它畫圈，還戲弄般地用牙齒輕輕啃咬。柏莎忍不住了，她喊著：「噢……噢！親愛的……都是妳，我要到了！」她的愛液激湧，流了我滿嘴，連下巴都是。

她的身子往下滑，我張開雙腿迎住她。「現在換我讓妳好好享受一下，當作我對妳的回報。」她喘息著，熱烈地吻住我的唇，吸吮著我的舌頭，我幾乎喘不過氣來。她用手把我的蜜穴往兩邊撐開，把她的陰蒂放進我的蜜徑裡，她似乎把陰唇和其他部位也盡量塞了進來，然後讓我的陰唇包夾住她的，再用手緊緊地握住它們。

這樣的結合帶給我無比的刺激和新鮮感，我實在不知該怎麼向你形容。我和柏莎興奮得全身發燙，兩個人的淫液似乎全混在一起，讓我們慾火更熾。她在我身體裡，摩搓著、推揉著，我們一刻也沒有分離，她的陰唇和恥毛撩動刺激著我的敏感帶，觸電般的快感蔓延全身。在一汪稠津玉液中，我倆一同泅泳。同時，珂莉珊還抽打著她姊姊，臀上的痛楚讓柏莎感到更為舒暢痛快。

最後終於風平浪靜，我們各自回房歇息。第二天上午很晚才起床，洗了冷水澡之後，我們的精神好多了，剛好趕上早餐時間，還得打理一下，準備前往學會。我們先驅車前往伯靈頓大宅，在那裡只待了半個鐘頭，就又上了馬車，前往切恩街上的一棟豪宅。宅邸周圍庭園廣大，主屋遺世獨立，可以俯瞰泰晤士河。

一個外表文靜的老太太在門口迎接我們，她是屋子的管家，也是「帕緋色團」的總管。她引領我們進入客廳，客廳很大，幾乎占據二樓整層的空間。客廳中央以優雅具凹槽溝紋的圓柱支撐，柱子以黑、金為主色，整個大客廳富麗堂皇，有如西班牙阿罕布拉宮的大廳。窗戶都以黑金色調的華麗帘幕遮蔽，雖然外面天還亮著，但屋內光線全來自牆上精巧設置的多根細長蠟燭。

布雷肯公爵是新人，是貝特倫和卡里斯布魯克爵士介紹他進來的。蒙太里、聖阿爾貢，還有其他幾位男士、夫人和小姐也都在場。大家不停讚美我和愛麗絲做為創社元老的功勞，害得我們暈陶陶的。

聖阿爾貢爵士是我們的主席，他問珂莉珊和公爵是否願意發誓，絕不會洩露「帕緋色團」的任何祕密，還附註說誓言其實沒什麼用，因為他相信介紹他倆加入的成員肯定發自良善、動機純正。在兩名新人給予肯定答覆之後，他分別和兩人握手，接著就宣布說所有成員都到齊了，可以準備待會的開場舞。

眾人退入更衣室，幾分鐘之後，我們就又回到客廳中，每個人都幾乎全裸，只穿著長絲襪、吊襪帶和優雅舞鞋。為了避免成員心生妒意或特別偏心某人，在放點心飲料的餐櫃上擺著一個很深的盒子，盒子裡擺放著數張羊皮紙片，每張上面都寫著一位在場男士的名字。女士們必須從盒子中抽出第一支華爾滋舞的男伴，還有接下來雙人舞的男伴。珂莉珊抽到卡里斯布魯克，我抽中了聖阿爾貢。

我得再補充說明一下，其中一位女士會抽到一張寫著「鋼琴」的紙片，而最後那位沒被抽中的男士就要負責為她翻譜。這次抽到要彈琴的是柏莎，她的琴藝出色，馬上彈起一首大家耳熟能詳、從阿蓋爾交際廳流傳出來的曲子，我們很快隨著音樂翩翩起舞。這委實比腓德烈生日那天的幪眼胡鬧還更刺激好玩。柏莎彈了一首又一首，直到我們這幾對陸續轉移陣地，坐臥在遍布於客廳內的舒適長沙發裡。我的男伴早已翹得老高，但是他對我悄聲說：「時候還沒到呢，親愛的碧翠絲，我們得先照顧一下珂莉珊。」大家很有默契，完全不需要人指揮，成雙成對地聚到珂莉珊周圍，形成一個半圓。卡里斯布魯克正在長沙發上愛撫、親吻著她。這個女孩美若天仙，雙眼脈脈含情，她握著他挺翹的陰莖，望著它微微喘息著。「啊，我的可人兒，」他開口了：「妳是新人，必須先親吻在場每位男士的小傢伙，然後我們就會為妳啟蒙，引領妳進入維納斯的愛慾祕境。」珂莉珊粉臉暈紅，溫柔地依序托住不停搏動的男人陽剛，輕緩地親吻每個綿軟小頭。「好，布雷肯，」我的男伴說：「換你親吻在場的每位女士了，然後這部分的儀式就完成了。」

「樂意之至，讓我跪著服侍女士們吧。」公爵說，我們輪流將小穴湊到他的唇前。

然後，卡里斯布魯克讓珂莉珊仰躺下來，在她的臀部下面放了個軟靠枕，接著在她身前擺好姿勢。不過他亢奮過頭，一個忍不住就射了出來，精液不只噴在她迷人的茂密陰丘和腹部上，還有幾滴噴得太高，灑在她胸前白嫩豐潤如雪花石膏的兩球渾圓上。

他既羞且惱，滿臉通紅。珂莉珊也俏臉緋紅，滿心期待，又因為緊張興奮而倒抽著氣。眾人之中，柏莎最為冷靜。她馬上用手指把她妹妹肚子上的精液抹掉，然後用來潤滑珂莉珊的蜜縫，接著握住卡里斯布魯克的分身，適切地指引它來到深不可測的慾望溝壑。

「推進去吧。推吧，孩子。妳也把屁股抬起來接著他，親愛的。」她一邊笑，一邊伸出另一隻手在珂莉珊的臀瓣上，打了響亮的一巴掌。

卡里斯布魯克鼓勇向前，愛慾的箭矢頂住了處女膜，在大力推送衝撞之下剛好突破重圍，處子的最後一道防線完全崩潰，珂莉珊痛得尖叫出聲，接著就不省人事。他成功征服了她，奪去她的處子之身。他渾身是汗，趴在她身上，希望自己激情搏動的分身可以喚醒她，我們這時候也用嗅鹽和醒神的藥物幫她恢復意識。

珂莉珊很快就甦醒了，看得出來她已經忘了剛剛破處時的駭人疼痛，當她拍撫他的臀部，將他摟近自己的雙乳時，迷離目光中閃著歡愉。他回應了她的柔情索討，讓她在魚水之歡中沉浸、迷醉。兩個人同攀雲端數次之後，他才將沾染落紅的陰莖抽了出來。

這時候，我的男伴帶我到一張長沙發旁，其他人也各就各位。他堅硬如常，我滿心渴望能體驗他在我裡面的感覺，但是出乎我的意料，他趴到我的腰腿上方，讓他的陽具對著我的臉，要我把堅挺雙乳往中間推擠，這樣他就可以一邊為我口交，一邊用他的大傢伙往我的乳溝裡搓捅發洩。這個姿勢很是淫靡，為了滿足他的要求，我使出渾身解數。當他的精液如山洪淹過我的胸脯和肚子時，我也被他靈動好色的舌頭舔得愛液狂湧。

與愛麗絲春風一度的是蒙太里爵士。

之後，寫著男士名字的羊皮紙片被放回盒裡，讓女士們再抽一次，如果有人又抽到同一個伴，她得將紙片丟回盒裡，再抽另一張。

我們就這樣度過了極為歡愉暢快的下午，時不時地喝點冰鎮香檳提神或吃些點心，因為在行房交歡、禮敬愛慾之神維納斯和繁殖之神普里阿普斯的時候，需要持續補充最能振奮精神的食物，才能維持金槍不倒、膣力不衰。

在這短短的記述中，實在很難將過往的經歷一五一十地詳細描繪，不過我可以向你保證，那天女士們一直玩到男士們全都精疲力竭、無能再戰，才肯打道回府享用晚餐。

第四部

現在我得回頭敘述我和洛泰爾之間的韻事了；他先前答應一週之內會再和我見面，告訴我他前往里奇蒙時發生的點點滴滴。

我們再度到布里斯托旅館共進午餐，我發現這次不需要用什麼春藥，他就幾乎和上次見面時一樣熱情躁動。我們很快地寬衣解帶、翻雲覆雨了起來；完事之後，我們筋疲力竭地躺在沙發上，他說：「啊，碧翠絲，妳不只願意獻身取悅我，還無私地教我怎麼再去享用那兩個修女，我對妳實在萬分感激，不知如何才能完整表達我的謝意。不過，妳先告訴我那個祕密社團的事吧，妳答應過會介紹我加入的，然後妳就可以聽我說我的故事了。」

於是，我簡短地向他描述「帕緋色團」的種種，然後要他允諾下次聚會的時候，讓我來介紹他入會。

「我知道，」他說：「妳覺得我已經迷上阿倫黛小姐了，不過我一直記著妳的忠告，所以我決定裝出要改信天主教的樣子，對於她們的各種勸誘招數照單全收。在讓她們大開眼界之前，我就把耶穌會的計畫看得一清二楚，這個遊戲我會和她們玩很久。說到去里奇蒙的事，在去的路上，聖卓姆夫人和阿倫黛小姐都表現得活潑迷人。晚餐之前，我們到河中划船，好好享受了一番，用餐時我們的胃口都好極了。我讓她們喝了很多酒，要求她們給我特別待遇，吃點心時不要讓我落單，因為我不抽菸，那天又沒有其他男士在場。我們聊得興味盎然，氣氛很好，大家都很有默契地避開宗教話題。廳中豪華水晶吊燈閃耀，兩位女士從餐桌旁退到壁凹處的沙發上，她們的面容掩映在燭光之下。她們已經各自喝了兩、三杯香檳，而且似乎很小心不要喝過量，以免有損淑女體面。我拿來滿滿一瓶，邀她們一起舉杯祝教會繁盛昌榮。

「『啊！』阿倫黛小姐眼光閃爍，她問：『不過，你指的是哪個教會呢？』

「『親愛的女士們，』我回答：『舉杯祝禱的時候，就隨妳們的意吧，我會陪妳們乾上一大杯。』

「『那麼，』阿倫黛小姐說，『我們舉杯，祝神聖的羅馬天主教會繁盛昌榮，祝庇護九世陛下壽並河山。』

「她們的眼中閃著異樣神采，兩個人看起來都格外興奮。

「『親愛的洛泰爾，為了讓你皈依，我們什麼都願意做，』聖卓姆夫人說：『過來坐在我們中間吧，我們想和你好好談談。』

「我坐到沙發上，臉上因為喝多了酒而發熱，兩手攤開，大膽地環住她們的纖腰，想都不想就回答：『啊！都是胡扯，不過老實說，要是妳跟妳的外甥女願意讓我享受一下，我可是很樂意出賣我的身體跟靈魂。』

「阿倫黛小姐深吸了一口氣，不過聖卓姆夫人溫言軟語地說：『啊！這是什麼意思呢？皈依天主教會吧，這樣就沒有什麼是我們不能給你的。』同時，她把手放在我的大腿上，稚拙地往某個重要器官靠近。

「『沒錯，什麼都能給你！看你想要赦免罪過，還是其他豁免權，』阿倫黛小姐一邊悄聲說著，一邊將頭靠在我的肩上。

「『不！我不要和那些神父打交道！我要妳們來赦免我，親愛的女士們，如果妳們願意拯救我的靈魂，現在就是時候；如果妳們拒絕我，讓我感到空虛絕望，就再也找不到這麼好的機會了。啊！身邊就是如此尤物，我已經意亂情迷了。』我喊著，雙膝跪地，抓著她們的腿，將臉埋在阿倫黛小姐懷中。

「她倆激動地全身顫抖，我也同樣焦躁難安，但是從她們看待我的神色和態度，我似乎可以猜到，她們捨不得放棄這個大好時機。

「聖卓姆夫人先開口了：『親愛的洛泰爾，我們真的很同情你的處境……噢，噢！真是太丟臉了，先生，太失禮了！你，你會答應我們嗎？』她惶惑地扭動著身體，感覺我的手從她的衣裙下沿著她的腿緩緩往上移動；我的兩手都很忙碌，但是阿倫黛小姐夾緊大腿，默默拒絕讓我更進一步，而聖卓姆夫人受驚之下的喊聲，卻似乎鼓舞著我勇往直前。

「『我以一切聖物起誓，妳們的任何要求我都會照辦；只要妳們願意當我的救命天使，撫慰我的滿腔激情，教會那些神父要我什麼時候皈依，都隨他們高興。』我高聲宣告，一隻手趁著聖卓姆夫人迷茫之際，直搗她的桃源蜜穴。

「『克蕾兒，親愛的，』夫人嘆道：『還有比這更為崇高的理由，能讓我們心甘情願犧牲自己嗎？我們現在雖然任他一逞肉慾，但同時我們也能將這隻迷途羔羊引領到神聖十字之下。』

「我感覺得出來，阿倫黛小姐原先夾緊的大腿鬆開，不再抗拒，當我乘勝追擊，一隻手粗魯攻入她的密林時，她粗喘了一口氣。『啊！可以同時占有一對最為迷人的蜜壺，這滋味真是美極、妙極；讓我親吻妳們，然後輪流享用妳們吧。』看著眼前的勝景絕色，我歡快無比地說。

「聖卓姆夫人回答我：『親愛的洛泰爾，請容我暫時離座，克蕾兒已經羞得快暈了，讓我盡量為她保住淑女體面吧。』她站起身將門鎖上，又把大部分的燈火都熄了。

「我撩起阿倫黛小姐的裙子，把她推倒在沙發上，然後露出我的小兄弟，它已經劍拔弩張、勃脹欲發，她順從地張開雙腿，我撲了過去：『克蕾兒，妳幫了我一把，我就不會因為先選誰而顯得偏心。我已經慾火焚身、壓抑不住了，就讓我先上妳吧。』

「我們所在的房內凹處很暗，幾乎一點亮光也沒有，我的唇尋索著身下女孩的唇，她全身瑟瑟發抖，當我用龜頭觸碰她的陰唇時，她發出一聲微弱的喊叫。『勇敢些，親愛的，』我在她耳中低語：『我會盡量不弄疼妳的；把腿張開，盡妳所能地承受我吧，妳是為了崇高的目標在受苦。』我假裝不知她已非處女之身。

「聖卓姆夫人回到沙發邊，她鼓勵克蕾兒堅強地忍受那駭人劇痛。夫人接著握住我的傢伙說：『親愛的洛泰爾，讓我為你指引明路吧。我已為人妻，很清楚該怎麼做。』她的撫握卻讓我更加興奮。她把包皮向後推，刻意讓小頭頂到比真正的花徑入口還高的地方，想讓我誤以為小頭感受到的阻障感，真是來自處女蜜膜。不過，這讓我感覺無比暢快，身下的大鵰先生噴得克蕾兒的蜜穴口黏糊一片。費了一番工夫之後，她們終於讓我插進該插的地方了，我求夫人別抽手，繼續放在那裡刺激我賣力幹活。我一共射了三次，每次高潮都比前一次還要爽快，她的滑膩愛液也如山洪襲湧，她整個人似乎要融化在愛慾狂潮裡，同時使盡全身力氣緊緊攀附在我身上。

「最後，儘管她百般懇求我繼續那樣抽插捅搗，我還是使勁把分身抽了出來，告訴她我不能讓她吸乾抹淨，還得回報她姨媽對我的照拂。『不過，親愛的克蕾兒，』我繼續說：『我還是可以用舌頭讓妳舒服。』於是，我讓她和聖卓姆夫人換位置，夫人迫不及待地解開幾件衣裙，她說是要讓我能更自由地發揮，其實是因為這樣她就能更放縱享樂。她看著我和克蕾兒盡情交歡，蜜洞裡早就淫液四溢、溼漉一片。

「克蕾兒是個好學生，她很快爬到她姨媽的身上，讓我能親到她慾求未滿的飢渴小穴。

「聖卓姆夫人有個過人天賦，她的蜜徑會收縮，好像用柔嫩無骨的小手夾住我的陰莖為我手淫一樣，她扭腰擺臀，迎合我的衝撞，滋味絕妙。我抓著她的豐潤雙乳使勁揉搓，根本不需要自己抱住她，她就全身痙攣似地緊攀著我。與她交合的快感無與倫比，在她那隻『無影小手』的摩纏下，我很快又射了出來。接著，我穩住勁，和她倆在淋漓慾海中歡快癡纏了至少半個鐘頭；兩位女士嬌喘、呻吟著，高潮的時候還得壓抑口中的淫聲浪叫。克蕾兒似乎和她的姨媽一樣亢奮，我發現我填滿她的小穴的時候，她只用一隻手抱住我，空出來的另一隻手就忙著戳弄她自己的肛門口，還極盡淫蕩地揉搓撫弄全身。

「我沒辦法告訴妳後來是怎麼結束的，因為我們似乎無休無止地做著；不過，大約十一點的時候，我們從歡愛後的昏沉酣眠中清醒，很快地打理好儀容，喚人去備馬車，出發回城。為了隔絕夜裡寒冷的空氣，馬車上的窗子全都關著，我讓她們兩人輪著跨坐在我腿上，用唾液潤溼那話兒，一直等到車下傳來大理石路面被輾過的聲音，我們才發現馬車已經接近聖詹姆士廣場了。

「我已經發誓終身不婚，不過我告訴她們，我會在聖誕節之後立刻到羅馬一趟，在聖父親眼見證下皈依教會。這樣我就有足夠的時間繼續我的遊戲。我要讓耶穌會知道，他們也許詭計多端，之前甚至在渥克斯宅邸設計害我，不過我已經不是以前那個未經人事、羞懼怯弱的可憐男孩，再也不會落入他們的陰謀圈套。不想這些的話，我可以愛克蕾兒，但是我只要想到，就算正在跟她快活，我也會恨她。」

我們待在城裡的時間已經不多，所以在我的建議之下，貝特倫和聖阿爾貢為洛泰爾安排了一次清早的聚會，正式邀請他加入「帕緋色團」。

我們還是待在克雷西大宅，這次我們藉口要到布雷肯公爵府參加一場小型私人派對，到了公爵府之後，我們就遣走自己的車駕，然後換乘公爵的馬車，假裝是到鄉間郊遊，當然，車子最後只駛到切恩街。一切都準備妥當，我們依舊舉行儀式歡迎洛泰爾加入，大家很快地回歸自然之母的懷抱，像之前一樣衣衫盡褪。

第一支舞的舞伴仍然以抽籤決定，我這次抽到布雷肯公爵，愛麗絲抽中洛泰爾。珂莉珊負責彈琴，她的琴藝高超，挑逗得我們在踩著淫靡舞步時情慾更熾；當男士們踏出迴旋舞步、交換舞伴時，他們在我們的俏臀上打了響亮的一巴掌，我們也在他們挺立的傢伙上，很快地打個幾下做為回禮。這支方陣舞跳得大家渾身發熱，興致高昂，到了結尾的時候，我們已經春情難耐，所有的小穴都收縮搏動著，幾乎等不及讓洛泰爾完成親吻儀式。

我發覺柏莎忙著跟大家說悄悄話。我很快就聽懂了，她提議要找點特別的樂子，新人理所當然是受害者，而額外獲得的樂趣和好處，由整個「帕緋色團」共享。

親吻儀式結束後，愛麗絲告訴洛泰爾說，在他正式入團享受所有福利之前，要再經歷一段短暫的苦修，她指向客廳中央一座精巧的「柏克萊立馬架」。這個有點像尋常摺梯的東西剛剛才被推進來，架上鋪著紅色的呢面襯墊，底座上有一個加了軟墊的腳踏板，可以讓人站在上面，站立者的雙手必須高舉過頭，而且只能踮腳站著。單純天真的洛泰爾勇敢地站了上去，他的手腕很快就被扣在板架最上方的圈環裡。

聖阿爾貢很開心，笑得直咧嘴，他毫不留情地束緊繩圈，洛泰爾因為手腕被拉緊覺得疼痛，忍不住出聲抗議。

「這沒什麼，我的孩子，」聖阿爾貢說，「不要還沒痛到就喊起來了。待會兒你就知道屁股吃棍子是什麼滋味，又癢又辣，對你有好處的，我以前也嘗過；世界上最能助興的就是這東西，你問柏莎就知道，那天晚上她要多少我都給。」

大家現在人手一捆枝條，每一捆都細長秀氣，而且優雅地束著。

愛麗絲站到前方：「好啦，先生，在你忍痛接受嚴厲處罰的同時，得回答我所有的問題。首先，只有正統的英國國教信徒才能加入『帕緋色團』，剛剛有一位團員暗示我，你會到羅馬去，而且有可能根本是個耶穌會信徒。這個，閣下，你要怎麼解釋呢？」她朝他線條陽剛的臀部狠抽了一下，在白皙肌膚上留下長長的一道紅印，他痛得齜牙咧嘴。

洛泰爾：「老天！妳等都不等就打下去了。」

他話還沒說完，所有女士都拿著棍子朝他劈臀蓋背地抽了下去，棍子如傾盆大雨般落下，可憐他的屁股被打得陣陣劇痛，女士們同聲嚷著：「你說！你說！你快說！不准支支吾吾！別放過他……」同時，站在後面的男士們也拿著棍子往女士們的美臀一頓狠打，他們邊打邊吼：「快接力教訓他，打到他屁股開花！女士們，他可是耶穌會的人啊……」

洛泰爾一開始還喘不過氣，但是很快就扯著喉嚨高喊：「住手！別打了，這都不是真的，別打死我啊！」

他的後背和臀部上已經傷痕斑斑，細細的血珠沿著皮肉上綻開的傷口流淌而下。

愛麗絲：「好啊，閣下，如果你真的不是耶穌會信徒的話，請你原諒我們的一時義憤。但是，你怎麼解釋要幫他們蓋大教堂的事呢，嗯？」她一邊說，一邊故意使勁給了他幾棍，每一棍都讓他痛得發抖。

洛泰爾：「噢！老天！妳怎麼知道這個的？現在還只畫了草圖而已。」

愛麗絲：「閣下竟然會想蓋這種蠢東西，讓我來幫你打消念頭吧。你不能把錢花在更好的東西上嗎？你能發誓再也不當傻蛋嗎？」她下手一次比一次用力，直到他痛得哀嚎了起來，話語衝口而出：

「啊……噢！該死的！妳好殘忍啊，瑪奇蒙小姐……啊……天可憐見，現在就放我下來吧。我……我……不蓋那個大教堂了，我發誓。」

愛麗絲：「馬上向我賠罪，閣下，不然我就讓你嘗嘗，什麼才叫殘忍。我好殘忍？

你竟敢這樣指控一位年輕淑女，她不過是在忍痛盡她的義務！」她抓住一捆還沒用過的枝條，對準他滿布血痕的屁股，用盡全力抽了下去。

洛泰爾痛徹心腑，全身扭動抽搐，跨下雄偉的陰莖張牙舞爪地怒伸直挺著，龜頭因為大量充血而紫亮腫脹。「啊啊……噢……！噢！求妳饒過我吧，我知道妳會原諒我，而且馬上就會放了我。」他痛苦難耐地呻吟著。

愛麗絲：「你既然道過歉了，我只有一件小事要再問你。與你所承受的相比，我的義務讓我受的折磨更多、更苦；肉體苦痛根本就不能和心靈磨難相提並論。」她一邊責打他皮開肉綻的雙股，一邊愉悅地環視眾人，受到鼓舞之後又繼續抽打。「這筆錢都夠蓋間豪華神殿了，既然沒有要蓋大教堂，你願意捐出四分之一，當我們『帕緋色團』的經費嗎？」

洛泰爾痛得直喘粗氣：「噢！噢……當然！我願意！五萬英鎊，只要妳願意立刻放我下來。」

四周響起掌聲，大家高呼：「夠啦，夠啦！他現在很乖了。」接著，我們追逐打鬧，忙著找好棍下伴侶，挨打的多半是女士。不過，柏莎和維多莉亞很懂得互助合作，她們各自把丈夫困在沙發上，手起棍落、毫不手軟，兩人邊笑邊喊著：「遊戲繼續！遊戲繼續！」

這時候，愛麗絲把可憐的洛泰爾放了下來，他馬上插得她欲仙欲死，兩人高潮連連，浪叫淫啼不止。

我的男伴讓我橫趴在他膝頭上，在我的屁股上打了好幾個響亮的巴掌，我拚命尖叫掙扎，屁股火辣辣地疼，最後緊掐住他硬邦邦的陰莖，讓他嘗嘗雙人互虐遊戲的滋味，終於扳回一城。他嚷著要停戰，我立刻直起身子，一屁股坐到他大腿上，讓他的陰莖從後面不偏不倚捅進我的蜜穴。他的臂膀緊箍著我，兩手左右握著我的雙乳，肉棒把小穴填得密實，他一邊頂得我一上一下，一邊用手指撫弄揉捏著兩球豐滿；我將臉向後側著，和他唇舌相接、激情互吻。這個姿勢很是銷魂，精液射進子宮裡的力道異常強勁，和我的愛液全混在一起，在陰莖抽送的時候噴濺得他滿大腿都是，還把他胯下的恥毛全都浸溼了。

聖阿爾貢和蒙太里在挨了夫人們一頓好打之後換了女伴，嘗嘗對方太座的滋味。不過，他們現在已經不把陰戶放在眼裡了，兩個人各自往女伴的菊花蕾狂插猛幹，女士們似乎已癡狂到忘乎所以。為了幫大家助興，貼心的珂莉珊借用蘇格蘭民謠〈貴賤富貧，眾生芸芸〉[5]的曲調演奏〈眾生芸芸，合歡齊淫〉這首打油詩。

偉人聖人都行淫，
樂者鬱者俱翻雲，
黑人白人、
莽漢仕紳、
貴族老粗調陽陰。
眾生芸芸共歡淫，
乞丐無賴盡翻雲，
古今中外人人爽快，
子子孫孫襲祖蔭。

七老八十都來試，
少小童子通房事；
瞎的跛的都來，
野花家花全開；
冷熱雨晴不礙事。

眾生芸芸，合歡齊淫。

合法的敦倫，
出牆的偷葷，
神父修女，
最懂情趣，
不拒來者愛世人。
眾生芸芸，合歡齊淫。

蜈蚣蝸牛各歡淫，
斑鳩鵪鶉知雨雲，
狗貓之屬、
屋鼠田鼠、

5 A Man's a Man for a' That，十八世紀蘇格蘭詩人羅伯特·伯恩斯所作，可配曲吟唱，詞曲皆流傳至今。

大象鯨魚交配頻。
萬物有情，食色本性。

母雞伏地公雞攀，
知更鵁鶄媲鳳鸞，
棕熊擒抱猛，
蟾蜍野兔蹦，
沼澤地裡青蛙歡。
萬物有情，食色本性。

野豬低吼袋鼠唧，
雲雀嬌吟杜鵑啼，
麻雀交尾，
眾兔交配，
結隊成群樂不疲。

萬物有情，食色本性。

蚊蠓跳蚤加蜜蜂，
乳酪裡蛆蛆蟎蟲；
涼寒蚯蚓，
鑽洞成癮，
樹底土裡齊蠕動。
萬物有情，食色本性。

帝王后妃溫柔鄉，
蘇丹君臣慾海航，
西班牙爵爺，
跳離開席位，
褲帶一解就要爽。

眾生芸芸，萬物有情；
三教九流，巫山雨雲。
吾皇納六宮，
螻蟻廣播種，
合歡齊淫，食色本性。

她清脆悅耳的嗓音傳遍整個客廳，聽得我們心頭震動，在每一段最後都加入合唱。我從來沒有這麼興奮過，也從來沒有看過這樣的景象，大家就在無邊春色中縱情、迷離，直到體力耗盡，我們才戀戀難捨、不情不願地結束。稍事休息之後，我們乘馬車回到公爵府，看來就像下午出門兜風一趟。

這一整天都很令人難忘，我們一回到克雷西大宅，珂莉珊馬上就在我耳邊說，因為男士們都已經精盡力竭，晚上要在議事廳或俱樂部裡喝點小酒、抽幾支菸，再玩個牌來重振一下雄風，她的姊姊們決定要好好享受一下女士之夜。男士們最快要到早上六點才會回來，知道女士們下午的時候全都被撩撥得慾火熾旺、飢渴難耐，他們差遣了四個英俊小伙子來為我們服務，有兩人是男僕，另外兩個是雜役。

這四個男孩以前還不曾被夫人們「寵幸」過，不過夫人已經事先要他們發誓，絕不會洩露晚上看到的事情，她也指示僕人在私人會客廳裡布置好所需物品，只等屋裡其他人都就寢就可以開始。

我們回到宅邸時已經晚上十點多了，不過柏莎很精明，幾分鐘之內就指揮安排妥當，被選中的男僕和小廝在發誓守密的時候，對於接下來會看到什麼完全不起疑心。萬事齊備，一場極為美妙的歡娛盛會就在眼前，尤其我們這次打算好好色誘他們來滿足我們的需求。

在一個半鐘頭之內，一切都準備停當，公爵夫人仍然待在她自己的房裡，柏莎將大部分的侍僕都遣開，只剩下約翰、詹姆士、查理和路希安，路希安是其中一名雜役，俊朗的他來自法國。柏莎還留下兩名貌美的貼身侍女，芬妮和布莉姬。按照先前設計，我們五位女士先坐在桌邊玩牌，身上隨意裹著輕薄衣物，似乎完全不在意會洩露多少春光。

「我今晚的好運都用光了，」蒙太里夫人喊著，順手將牌一丟：「再坐著肯定會慘兮兮，又很沒精神，只要能讓我開心點，做什麼都行。跳支舞怎麼樣？讓他們也來跟我們同樂嘛。路希安，你來，跟我一起在房裡跳支華爾滋吧！」

「嘖嘖！姊姊，妳害得路希安臉都紅了。要不是怕一起跳舞讓別人知道不好，我倒不介意來支舞。」珂莉珊回答道。

「我們就徹底地狂歡一次嘛！約翰、詹姆士，你們大家都會保密吧。我很好奇你們平常在樓下都怎麼玩耶。」柏莎笑著說。

「夫人小小的願望，我們自當從命。」約翰代表在場的僕人們，滿懷崇敬地回答：「夫人小姐們願意紆尊降貴和下人們親近一點，相信沒有人會說出去的。」

柏莎坐到鋼琴前面，僕人們把物事搬開，空出地方來跳華爾滋。蒙太里夫人和路希安先開始，我向查理邀舞，他才十七歲，很是俊俏，愛麗絲和珂莉珊各自和約翰、詹姆士這兩個好看的男僕配對，布莉姬和芬妮兩個女侍一塊兒跳。

我們玩得十分開心，我們邊跳著讓人精神一振的華爾滋舞，邊隨著曲子的進展，極盡挑逗誘惑地緊貼舞伴，他們脹紅了臉、興奮不已，柏莎妙手彈奏的悠揚曲調似乎能穿透靈魂。這些年輕小伙子輕鬆擺出的優雅動作和儀態，逗得我們大樂，他們每天都看著貴族仕紳交際應酬，肯定學到不少。

最後我們累得停下來，蒙太里夫人給了路希安一個很火辣的吻，她藉口要讓他放鬆一下，領他坐到一張沙發上，我們也學著她，我的男伴興致勃勃、熱情滿懷地回擁我，他的嘴唇熱燙，親得我全身一陣酥麻。

我推說要靜一靜，領他到隔壁房間，房中只有皎潔月光照耀著，我們開了窗，窗外正對著一個美麗花園，我們在房裡的隱密處坐下，享受著拂面微風和撲鼻花香，輕柔撩人的感覺加度刺激著我的感官。我很想嘗嘗身旁年輕男伴的滋味，不過我不太想比別人先打破那種微妙隔閡，貴族體面畢竟還是要顧，雖然我很清楚這就是柏莎和她的姊妹們想要的。她們動作太慢，還沒向男伴挑明一切，我實在等不及了。「查理，」我細語著：「你知道什麼是愛嗎？你有過心上人嗎？」

「我沒有，小姐，我還沒有機會談戀愛，我總是看著這些美麗人兒，覺得戀愛好難，所以我連親她們都不敢。親愛的小姐，妳知道嗎？妳的親吻讓我開心得好像飛上天，妳如果知道，就不會覺得那只是個不經意的吻……我想妳是因為好玩才親我的。」他略微激動地回答。

「傻瓜，」我輕笑著：「一個吻竟然讓你這麼開心，如果你真的很享受的話，這邊黑漆漆的，我不介意再親你一下，反正也不費我什麼力氣。」我給了他一個極為柔媚纏綿的吻。我的胸脯劇烈起伏著，他緊抱著我，我可以感覺到他顫抖著，似乎有一陣快感傳遍他全身。

「你怎麼抖成這樣呢，查理？」我故作天真地問他，不經意地把手擱在他的大腿根處，希望能有什麼重大發現。他沒有讓我失望，我已經可以輕輕地觸碰戳弄到那情慾發動機，不過我還是擺出毫無所覺的樣子。他忽地一動，喊著：「噢，小姐，我真是可恥啊，我被妳弄得要發狂了！」他突然掏出不聽使喚的那話兒，它直挺挺地搏動著，噴得我滿手，我依舊裝著迷糊，好像不知道自己做了什麼。

「噢，寶貝！噢，碧翠絲！原諒我！實在太爽了！」他喘著粗氣，瘋狂親吻我，毫不留情地搓揉玩弄我的雙乳。

「我在做什麼啊？查理，求求你，別這麼無禮。」我急促地說，放開手中抓著的那話兒，假裝要掙脫他的懷抱。不過，這個小伙子已經被色慾衝昏了頭，哪肯放開嘴上嫩肉，他的手忽地伸到我裙底，硬是探進了愛慾的神祕殿堂。

猴急不已的查理根本無暇注意我微弱的抵抗舉動，儘管我極力地想夾緊大腿，他的手勇往直前，很快地進占溼熱的蜜穴。「寶貝，我要妳，這樣我死也無憾。」他在我耳中呢喃著。他突然把我推進沙發裡，還試著掀我的衣服。

「啊……不要！不要！我頭好昏，你好粗魯，嚇死我了！」我喘著氣，一副無助的樣子，試圖克制體內的慾火。我決定要嘗點新鮮的，假裝不省人事，讓他以為我真的昏倒了，保證可以引誘他利用機會，在我身上恣意逞歡，好好享受我的緊窄柔嫩。

沙發所在的隱密處幾乎黑漆一片。「我的好寶貝，她昏過去了！」我聽到他自言自語著，感覺他溫柔地分開我不再緊繃的雙腿。「讓我先親一下這裡。」他接著跪在我的雙腿間，我可以感覺到他用手指溫柔地分開我的陰唇。「我一定弄得她很興奮，她下面全都溼了。」他又說。然後，我感覺到他的嘴唇就在我的小陰唇之間，熱情親吻著逐漸勃脹的小巧花蕾。陣陣快感傳遍我的四肢百骸，情慾高漲的我渾身抖顫，我忍不住抓住他的頭髮，兩腿輕夾他的俊俏臉龐。

明明只過了一會兒，我卻受慾火煎熬，感到漫長難挨，在他柔軟舌頭的煽情撥弄下，我的蜜穴淫液直淌、微微張合著。老天啊，我真想要他把那話兒插進來！就在我一刻也裝不下去，就要張口求他開始進入我身體的時候，他直起身子，把我的大腿左右用力掰開，我馬上就感覺到他的傢伙直抵著我的小穴口；他一點一點慢慢地往裡推進，我極力地縮夾本來就很緊的蜜道，讓他難以直抵花心。他輕憐蜜愛地吻著我的唇，喚著：「好寶貝兒，小碧翠絲，噢，可人兒，妳讓我好爽！」

我感覺到他在裡面直接射了出來，花心一陣暖熱，他趴在我身上，一動也不動，因為洩了太多而暫時力竭。

我還是假裝昏迷，眼也沒睜，讓花徑肉壁縮夾輕咬他浸在蜜壺裡的那話兒，這樣一弄，幾乎立刻就把他從歡愉後的迷茫失神喚醒了，他馬上重整旗鼓，還自語道：「她可真是個好寶貝，就算昏過去，小穴裡還是緊夾猛吸，回應我的抽插鼓搗。如果我能把她搞到醒，不知道會有多爽！」他在我臉上猛烈地親了又親，一邊加速抽插，弄得我血脈賁張，猛地伸手環住他的脖子，激情地回吻他，算是默認他確實讓我舒暢無比。

「他們在這兒呢，偷偷摸摸的兩個人，碧翠絲可是我們這裡最敢的喲，看看她讓查理肏的。」柏莎笑道，她帶了燭火進來，其他人都跟在後頭，看起來興奮非常，似乎至少有幾個人也做了同樣的勾當。事實上，我可以看到約翰的褲頭已經解開了，而從蒙太里夫人臉上的紅暈，和她眉開眼笑、黏在那個俊帥法國雜役身上的樣子，我可以確信，至少她跟她的男伴已經打得火熱了。此外，站在她們身後的布莉姬和芬妮眼神發亮、臉頰緋紅，看起來跟她們一樣春情勃發。

查理被弄糊塗了，我可以感覺到他吃這一驚，氣力好像都被嚇走了，我力持鎮定，雙腿勾住他的臀部，更用力地抱住他，嬌呼著：「都是這個傢伙愛搗蛋啦，親愛的，他這樣占我便宜，把我給嚇暈了，他不但奪走我的第一次，還把我挑逗到癢得受不了，現在竟然想抽出來。幫我狠狠地打他屁股，他已經滿足他的色慾啦，現在換他讓我舒服了！」

他使勁想掙脫，不過我緊緊地箍住他，其他人毫不留情地打他的屁股。他騎著我，屁股被打得往前直挺，頂得我心花怒放，而且我很快察覺，他的分身又腫挺起來，脹得格外粗硬，幾乎要捅破我的屄穴了。他一邊全力衝刺、狠肏狂插，一邊哀求她們住手，讓他好好幹活。

耳中傳來打屁股的巴掌聲，我聽得極是舒爽，我不記得有哪次是做得像這次這麼痛快。他已經先射了兩次，所以這次抽插了好久，到最後我們如癡如狂、同攀高峰，精液和淫水交融相混。

「好啦，別讓我再抓到你們任何人偷偷溜開、私相授受。」蒙太里夫人宣告，同時在查理屁股上狠狠呼了最後一巴掌。這可憐的傢伙本來高潮之後已經癱軟無力，被這一下打得渾身一震。「有些人就是這麼不老實，明明跟我們一樣想要，甚至比我們還想玩，卻裝出一副清純樣，害我們樂趣都少一半。」

我們全都回到會客廳裡，一邊喝點香檳、吃些果凍和其他可口點心恢復元氣，一邊和那四個年輕小伙子和兩個女侍笑鬧著，聽他們講述各自的心上人和戀愛故事。然後，柏莎把在場所有女性的名字分別寫在幾張紙片上，她說她要拿著讓男孩們來抽獎，她宣稱如果布莉姬和芬妮被抽中了，她們倆就得心甘情願讓男孩幹，就算她們堅稱要保住貞潔還不想破處也一樣，更何況她們都享受過別的樂子。

她先讓我們幫忙把「騎士們」脫得一絲不掛，這樣我們就能好好欣賞青春俊美的男性肉體，這裡面最年長的約翰也不過才十九歲。這幾個小伙子的身材都很健碩，當中就屬查理的陽具尺寸最傲人，長度超過八英寸，而且十分粗壯，拔得當晚頭籌。我的淑女姊妹們一見就為之瘋狂，每個人都巴不得被查理抽中，幾乎讓其他三人吃味。

「現在可不許使詐或作弊哦！至於籤要怎麼抽嘛，我有個絕妙的主意。」柏莎說。她將衣裙一撩，露出久旱小穴，她雙腿大張著，形狀姣好的陰唇剛好從長筒內褲的隙縫裡露出來。她把我拉近身側，交給我紙片，悄悄跟我咬耳朵，要我把七張紙片全塞進她的小穴裡，只留最末端在外面。紙片很快就放好了，男士們得跪在柏莎身前，各自用嘴抽出籤來。

這招真是好玩極了。柏莎看起來很不滿足，與其讓他們從她的蜜縫裡抽籤，她可能更想讓他們四個同時幹她；他們把紙片抽出來的時候，她已經被這新招搔弄得麻癢難耐、淫水四溢。

約翰抽中布莉姬，詹姆士抽的是蒙太里夫人，查理抽到柏莎；我很幸運地分到路希安，他早已神情曖昧地跟我眉來眼去了半天，我向你保證，我一點都不覺得受到冒犯。

剩下珂莉珊跟芬妮，兩位夫人要她們用幾根假陽具舒服一下。這幾根橡膠製成的假陽具作工精細、線條優美，尺寸正常、不會太大，柏莎說這是她丈夫聖阿爾貢找來的，讓她在他偶爾想要更刺激點的時候，拿來插她丈夫的菊花孔兒。「親愛的兩位，現在它們派上用場啦，在這些小伙子跟女伴翻雲覆雨的時候，妳們就可以用這個讓他們加倍爽快。」

女士們現在也寬衣解帶，大家現在全都赤著身子，只剩下長絲襪和靴子；我一直都覺得，這個樣子比光裸著兩腿還美妙呢。

大家的注意力都在柏莎和查理這一對身上，急著看看他的雄偉陽具在她的淫媚陰道裡翻攪的樣子。他的傢伙英姿勃發、躍躍欲試，她讓他在一張有彈性的軟墊長沙發上躺平，然後跨坐在他腿上。她先低下頭親吻潤溼他的好傢伙，再挪到他正上方，她從上往下坐，飢渴難耐的小穴緩緩地套納住碩大無朋的陽具，兩人纏綿互吻，她似乎很喜歡把整根吸進去的感覺。我指著她的臀部示意，芬妮意會過來，馬上爬到女主人的身後，戴起已經充分潤滑過的假陰莖，對準柏莎後庭淺褐皺摺的中心捅了進去。同時，芬妮從後方抱住柏莎，一隻手摸索感覺著查理的粗大陰莖，另一隻手摳搔著這位巫山神女的嬌嫩陰蒂。整個場景香豔撩人，當他們開始了極度痛快淋漓的三人鏖戰時，我們全都看得興奮難抑。芬妮的激情不亞於柏莎或查理，她用假陰莖起勁地插她的女主人，雙手還持續刺激著身前的兩人。珂莉珊開始用橡膠肉棒從後方進攻芬妮，一邊還用手愛撫她，揉弄得芬妮快感連連。

他們的淫聲浪叫不斷，高潮一波接著一波，難以形諸文字。同時，我和路希安也開始卿卿我我、互相愛撫揉弄著，我握住他的傢伙，反覆地把包皮往後推，它在我的套握中搏動著。摩搓到後來，我怕他會直接洩在我手上，於是坐進沙發裡，把他拉到我身上，引導他把傢伙對準我的嫩穴，這時候他抱住我，益發激情地吻著我。

我可以看到房裡眾人歡愛的情景，柏莎被後頭的芬妮和珂莉珊合力戳弄，還狂猛地騎著查理；欣賞芬妮狂熱的樣子真是樂事一樁，她一邊撫弄感覺著查理粗壯陰莖的動靜，一邊因為珂莉珊朝她的後庭狂插猛送又差點分心。詹姆士坐在椅子上，蒙太里夫人騎在他身上；約翰卻擺不平他的女伴，布莉姬任他親嘴摸乳百般愛撫，卻死守最後一道防線，不管他怎麼試著想插進去，她都拚命扭動閃躲。

終於，一切復歸平靜。「好，」柏莎開口了：「我們休息一下，恢復一下精神吧。然後，我們要好好照顧布莉姬和芬妮，讓她們慎重其事地獻出寶貴的第一次。休息的時候，我來跟妳們說個小故事，是在我新婚幾個月之後，發生在布倫塔姆的事。嗯，妳們一定知道，聖阿爾貢想以郡代表的身分出席議會，那時候就快舉行普選，也真的有傳言說議會可能會馬上解散，所以已經到了很緊急的時刻。那時候郡裡有個大地主，如果能把他拉到我們這邊的話，我們就可以高枕無憂了。他以前曾經追求過我，後來輸給聖阿爾貢，沒娶到我，這件事讓他相當懊惱，而且我們心知肚明，他非常有可能發揮影響力，全力支持另一方。有一天晚上，我們剛作完愛（新婚那陣子可真甜蜜），快睡著的時候，我靈機一動有了主意，忍不住笑了出來。

「他急著知道我在想什麼。『親愛的，』我說，一邊吻著他（我現在不常親他了，只有在我想哄他去做什麼事的時候例外），『如果出借一下我的小穴，你就可以奪回郡代表席位，你會介意嗎？』『噢，柏莎親愛的，我這個時候已經沒什麼好吃醋，因為妳已經把我老二的最後一滴都榨乾了。』他回答，還打了個呵欠，然後他想通了我的意思，接著問：『妳是指石迪頓先生嗎，親愛的？妳願意的話，這個主意就太妙了，這樣就能收買他簡直划算到了極點，而且妳的小穴可不能說是什麼賄賂。』

「想到可能的刺激體驗，加上可以為丈夫帶來好處，我自告奮勇要做這事。保密要緊，我們商量好，我假扮成女僕去一趟布倫塔姆。

「我們第二天就出門，表面上是要一起去巴黎，不過我在火車站就和聖阿爾貢分頭走，到一間旅館換了衣服之後獨自前往布倫塔姆。我只有讓布倫塔姆那邊的女管家參與這件事，當然囉，她知道的只是計畫的一部分。

「她讓我假扮成她的姪女，從城裡來度幾天假，我和僕人們打成一片。他們壓根不會想到我的真實身分，因為大家都以為柏莎夫人出國旅行了。

「女管家一刻也不敢耽擱，她藉口情況特殊，讓車夫送我去石迪頓的曼利宅邸，將一封短箋親自送到他手上。

「石迪頓在家，我很快被帶到書房，他在裡面處理事情、回覆信件，那時候大約上午十一點，已經過了早餐時間。

「『唔，小女孩，把妳從布倫塔姆帶來的信交給我吧。為什麼不讓馬夫把信送來就好呢？老天！妳還挺漂亮的嘛！』他注意到我的臉，突然這樣說。

「『您高興就好，先生，』我紅著臉回答，『我是柏莎夫人的侍女。我帶來的信件很重要，是聖阿爾貢爵士要給您的。』

「石迪頓大約三十五歲，英俊挺拔，渾身精力充沛。他的眼光在我身上轉了又轉，突然識破了我的喬裝，他驚道：『啊！不會吧？妳就是柏莎！為什麼要這樣做呢？』

「我裝著一臉惶恐，他要我坐下來，把我的目的老實告訴他。他拉我坐到沙發上，自己也在我旁邊坐下。

「『我需要您的選票和幫忙，讓我丈夫再選上郡代表，』我低聲說：『您的決定可以讓結果翻盤，這點我們都很清楚，所以我冒險親自前來，請求您的有力支持。』

「『對於從我手中搶走妳的男人，妳怎麼能期待我不抱任何敵意呢？』他說。『妳為什麼為了區區一個爵士拋棄我呢？』

「我裝出悲痛的樣子，低著頭，用細不可聞的聲音回答他：『您如果知道我家的窘迫狀況，相信尊貴的您就不會覺得那麼受傷了，我們家看在聖阿爾貢有可能被封為公爵，就這樣決定了我的命運，我的個人意志相比之下微不足道，現在我的責任就是盡我所能，為他帶來更多利益。』

「『親愛的柏莎，』他驚喜地喊著：『這是真的嗎？妳如果真的覺得我比較好，就可憐我一下吧，我那麼愛妳，卻得不到回報，當我凝望妳的時候，妳連一個微笑都不肯賜給我嗎？』他握住我的手，熱情難掩地吻著。『我會支持妳的丈夫，但是……但是，我要一點回報……讓我想想，親愛的妳該給我什麼呢？當然，妳的第一次肯定是給了他，但是妳的處女後庭要讓我開苞，他一點損失也沒有，也不用讓任何人知道。』

「他愈來愈衝動，一隻手臂箍住我的腰，激吻著我暈紅的臉頰，我可以感覺到他的另一隻手，隔著衣服摸索我的胸部和大腿，他從馬褲中掏出那話兒，然後抓住我的手，強迫我感覺它的剛硬翹挺。我一摸到那根，就覺得一陣快感傳遍全身，然後我就假裝昏倒，軟癱在沙發上。

「他跳了起來，鎖上門，然後走到抽屜旁，拿出一本小冊和一個小盒子。接著他跪在我身邊，溫柔地掀起我的衣服，從雙腿一路親了上去，從裹在內褲裡到裸露出來的部位，他都使勁親著；我的大腿被他推開，內褲的縫隙也跟著被撐開，他仔細地看著我的蜜穴。『多麼迷人的小蜜縫，還點綴著這麼細軟的陰毛。』他一邊喃喃自語著，一邊將嘴唇湊近我的慾丘。我可以感覺到他用手指極其溫柔地撥開我的陰唇，方便他親吻那顆精巧的慾鈕陰蕾。我實在受不了了，伸手按著他的頭，一聲嬌吟，洩得他舌頭上全是淫液。『她是我的，她多享受啊，我舔得她都洩了！』

「『寶貝妳瞧，』他站了起來，繼續說道：『我就知道，只要在最敏感的地方有技巧地吻個幾下，妳就會醒來了，不過我沒有要插那個地方。看看這本書，裡頭指引了通往桃源仙境的康莊大道，還會讓妳爽快得感官全開，帶妳到從沒去過的極樂天堂。』

「他撩著我的衣服，要我繼續握住他的陽具，然後讓我看書上的精采插圖，整系列都畫著各式各樣享受肛交的方法。他看得出來我已經興奮難耐，也不浪費時間，就要我趴跪在沙發上，從盒子裡拿出一種軟膏塗抹我緊小的菊花蕾，然後在他自己的龜頭上也塗了一些。我聽他的話，兩腿張得很開，還盡量把自己的屁股往外掰開，讓他更好插入。不過……『啊！啊……不要、不要，我受不了了！』感覺到他將粗大陰莖抵著我縮緊的菊花孔，使勁地想插進去，那裡痛得就像同時被好幾根針刺，我忍不住尖叫，眼淚都快掉下來了。可是，等括約肌逐漸放鬆的時候，那種感覺啊，真是妙不可言。我前面的小穴被他摳得舒服極了，後面在他溫柔堅定地推進之下，好像愈來愈想要了，菊花孔裡的疼似乎預告了某種異樣的舒暢，我心裡頭隱約渴望著他能直捅到底，讓我徹底地享受那種滋味。我的期望沒有落空。刺痛感很快就被極度的痛快所取代，他使勁捅搗著，直到把我推上最高峰。我們淫蕩地哼叫著，爽到幾乎丟了魂兒，激情狂歡中一共高潮了三次，他從頭到尾都沒有拔出來。

「美人計就這樣成功了，聖阿爾貢也順利進入議會。」

聽著這個故事，我們全都興奮起來，互相撫弄著彼此的私處，一等柏莎說完，我們就抓住芬妮和布莉姬。不過接下來發生的都差不多，仔細描述恐怕太過累贅。總而言之，約翰和查理為她們破了處，兩人的表現可圈可點，而芬妮和布莉姬也承認，實在沒必要再做什麼無謂堅持。

這是我在城裡最後一次縱慾狂歡，離城後不久我就嫁給克厲亢伯爵。接下來我會記述結婚後發生的事。

第五部

這段日子在我一生中至為重要，我的終身大事就在這段期間訂下。

離城前一天的早上，我們陪聖卓姆夫人到肯辛頓公園散步，意外遇見一名上了年紀的男子，他要夫人為他介紹她兩位年輕漂亮的同伴，也就是我跟愛麗絲；這個三十歲的男人身材高大、相貌英俊，有一雙再邪氣不過的深色眼眸。

聖卓姆夫人轉向我們，臉上好像帶著近乎惡意的微笑，她說：「親愛的，容我為克厲亢伯爵介紹妳們兩位，他對待小姐最是殷勤，不過和他應對的時候可得當心喲。」她看到一絲戾氣在他臉上閃現，又接著說：「伯爵，恕我無禮，在介紹碧翠絲·勃金韓和愛麗絲·瑪奇蒙兩位小姐給你的時候，我得要她們小心你這樣的危險情人。她們現在歸我保護，如果我不提醒她們，那就是我失職了。」

伯爵臉上的憤怒一閃即逝，很快換上最為愉悅的笑容，他回答：「謝啦，謝啦，親愛的表妹，妳就是太虔誠了，才老是為了我的一些小錯對我這麼嚴厲。要怎麼樣才能讓妳相信我其實滿懷誠意呢？妳也知道我有多常請妳幫忙，看能不能找個親親好老婆給我，她用小指就可以引領我，讓我不再誤入歧途。」

「真這樣的話，你老早就找到好太太了，你這個討人厭的偽君子。」聖卓姆夫人斥道。「你也知道，通往某個地方的路是善意鋪成的，那個地方啊，伯爵大人，恐怕就是你滿心誠意的目的地[6]。我不過是提醒在場的兩位天真年輕小姐罷了。」

「啊！咳咳，我想我知道妳說的那個溫暖地方，是不是就在大腿間啊，夫人？」

聖卓姆夫人滿臉通紅，從語調聽得出來她動怒了：「這，這真的太過分了，閣下竟然馬上就開始用那些混帳話欺負人！親愛的小姐們，我覺得很慚愧，竟然把妳們介紹給這種社會上的毒瘤。」

「不爭了，我真的會表現出最好的一面，也會試著不再挑起那些引人反感的敏感話題。」他看起來一臉真摯。「不過，真的啦，表妹，我真的很想結婚，不再惹是生非。我想這兩位年輕小姐都是適合人選，妳覺得她們裡面會有誰願意接受我這個縱慾過度的糟老頭呢？」

「真是的，閣下，你果然惡性不改，立刻又在兩位年輕小姐前面這樣說話。」負責照看我們的夫人出聲抗議。

「哈，表妹，妳不相信我。不過，我向神起誓，這絕不是在開玩笑。妳很快就會明

6「某個地方」即指「地獄」，英文古諺：「The road to hell is paved with good intentions.」（「通往地獄的道路是由善意所鋪成」）。

白，等我一下。」他說完之後拿出隨身筆記本，在兩張紙上寫下一些字，然後將紙條握在手裡，只露出紙條末端。「表妹，妳抽一張看看是什麼。」

「我就抽來看看裡面寫什麼好玩的，看你是什麼意思。」聖卓姆夫人從他的手裡抽出其中一張紙條，她看紙條的時候笑出聲來：「碧翠絲，如果妳願意不顧一切接受這個惡棍，妳就是克厲亢夫人了。」

克厲亢伯爵：「我是認真的，親愛的小姐，只要妳願意接受我。我能直接叫妳碧翠絲嗎?這個名字多討人歡心啊，要是妳也願意討我歡心就更好了。」

我不知該如何描述當時的感覺，我知道他很有錢，還有很顯赫的頭銜，撇開他的昭彰惡名不說，相較於阮囊羞澀的我，克厲亢公爵簡直是個再甜美不過的誘餌。

我的手臂不知怎麼地被他挽住，聖卓姆夫人帶著愛麗絲走在我們前頭。為了幫忙突然對我展開追求攻勢的伯爵，聖卓姆夫人領著我們在公園裡到處閒逛，就是沒有要直接回家，好讓伯爵把握所有可趁之機。我沒辦法告訴你事情是怎麼發生的，總之，在我們回到住處之前，我答應了伯爵的求婚，不到一個月我們就完婚了。

婚禮過程我就不再費神描述，直接從洞房夜說起吧。第一次提到他的時候，我說他是上了年紀的三十歲男人，確實如此，他的容貌英俊依舊，但別人會以為他至少五十歲了。

伯爵過去縱情酒色，長久以來耗精傷身，青春活力消耗殆盡，現在已經無法用正常的方式行房歡好。他知道很多齷齪下流的把戲，一定要先玩過一番才能讓他產生快感。

我們在多佛的五港總督旅館度過新婚夜，之後就準備到歐陸旅行。

在他追求我那段短暫時期之中，我不曾讓他占過一點便宜，只憑常識就知道，像他這種人，不管女孩子再怎麼如花似玉，只要讓他在婚前得手，他肯定會始亂終棄。

好吧，回頭說到新婚那晚。我們在漢諾威廣場的聖喬治教堂裡舉行儀式、結為連理。我們在婚禮結束後返回聖卓姆夫人的屋宅，他是在那裡迎娶我的。我們才坐上馬車，他就魯莽地吻了我一下，然後雙手伸進我衣裙裡，很粗暴地摳弄我的小穴。他一邊掏摸一邊笑著告訴我不用假裝矜持，他已經知道我是個小蕩婦，早就嘗過洛泰爾和很多男人的滋味了，而且這就是他會娶我的原因，他要我當他的下賤淫娃，滿足他所有的要求，做那些貞潔少女可能會抗拒的事。「而且啊，」他又說：「我一直在注意看誰是孤兒，沒有天殺的父母可以讓她哭訴。喂，別哭得像個呆子一樣，」他看到我滿臉通紅，因為難堪而落淚，「妳只要稍微迎合一下我的特別癖好，我們就會很幸福了。」

當下，我覺得再也沒有比這個更好的建議了。他既然清楚我過去的風流韻事，自然占了上風，我只好擦乾眼淚。這場交易雖然吃了虧，我還是決心要好好利用。我盡可能熱情地回吻他，請求他「別在外人面前使壞」，我就什麼都聽他的。

那天夜裡，我在上床等他回房之前，肯定已經喝到快醉倒了。我遵照他的指示，一絲不掛地爬到被子裡，接著馬上開始自慰。那時候我已經被他逼著喝了好幾大杯香檳，他在敬酒的時候拚命說一些齷齪下流的話，弄得我慾火焚身，比如「硬屌配爛鮑」、「女孩我敬妳，寧可被人捅菊蕾，不願被人插小穴」，有一句讓我特別興奮難抑，他說：「敬這個女孩，她喜歡在你面前手淫到高潮，再吸得你的老二翹很高，她最想要你插她的緊皺肛門孔兒，其他地方都不要。」

他很快進了房間，還打著嗝。他一把扯開我身上的被單，喊著：「碧翠絲，妳這個漂亮又該死的小賤人、小寶貝，還喝到快醉了，妳看我的老二難得站起來，我們得好好利用這個機會。我今天早上喝了一打生蛋的蛋白加牛奶，剛剛又喝了一杯熱可可，裡面加了五、六滴斑蝥酊，可以讓我重振雄風。」

他一股腦兒地把外衣、長褲和身上衣飾全部脫掉，跟我一樣裸著身體，他的雙眼閃動著幾乎可說是凶殘的光芒，當下看來異常明亮。

他躍上床，「哈，」他的嗓音沙啞，「我的小美人手淫到洩出來了。吸我的老二，不然我就讓妳死，妳這個小賤貨。」他蠻橫地說，然後轉頭趴在我身上，把頭埋在我的大腿間，馬上津津有味地吸吮起我的蜜穴。他的陰莖算長，但不是很硬，我用兩手推擠雙乳夾住它，讓他可以在乳溝裡抽插，我興奮難耐，嘴巴很自動地又親又含他的蛋丸。

他的口交動作又急又猛，我感覺到他尖銳的牙齒不停咬在陰蒂和小陰唇上，他還粗聲喊著：「快洩，快洩啊，妳這個小賤人，妳為什麼還沒有高潮？」一分一秒過去，他的動作愈來愈殘忍放肆，直到我被咬痛而尖叫出聲，我扭動著身體，一股黏稠淫液從小穴湧出，噴得他滿嘴都是。

「洩得真是要命的好，」他在我的大腿間低語著，「不過被我害得，妳的可憐小穴有點流血了。」他舔著混著血絲的愛液，似乎很享受。

「吸我的老二。」他轉過身來，整根陰莖抵到我面前，口氣又恢復凶狠。「妳這個使賤招的小賤人，我要用狗爬式插妳。」

我用雙手握住那根長屌，很努力地上下套弄，同時用舌頭撩撥著鮮紅色的龜頭，一直到我感覺它已經充盈鼓脹、堅硬似鐵。

「快點起來，妳這小婊子，兩手撐著跪在地上。」他一邊說，一邊在我的屁股上使勁打了好幾下，這幾下又痛又響，大老遠都能聽到，不過我們的房間在走廊盡頭，旅館裡這一區的房間已經被我們整套包下。

我順著他的意思，轉過身翹起屁股。我以為他只是突發奇想要這樣插我的小穴，但是他突然呸了點口水，抹在又長又硬的陰莖前端，然後把它抵在我毫無戒備的菊花蕾上。他愉快地輕笑，說著：「我要假裝妳是男孩，幫妳最後的處女洞開苞，妳的小穴就留到下次吧，新婚夜當然要插處女洞。」

「啊，不要、不要，我不要，你不能這樣對我！」我害怕地喊著。

「胡扯，妳這個小騷貨，屁眼過來讓我插進去，要不然我會給妳好看，然後從窗戶把妳扔進海裡，再告訴大家，妳是因為過度興奮才跑去投海自盡。」

我嚇壞了，我真的很怕他會殺了我，只好聽天由命。我咬緊牙關，感覺到他的龜頭強硬地擠進我緊縮的菊花孔，好像有一百根細針同時戳入，同時他的手還伸到我的陰丘上拔扯陰毛，讓我吃盡苦頭。最後，他插進去了，他抽回雙手，轉而環住我的脖子，慢慢地開始幹我的屁股，情景極為淫靡，插到後來我浪叫一聲，高潮之中淫液四濺，同時他也將精液射在我的肛門裡。

為了婚禮之夜，他特別吃了一些可以壯陽助興的東西，過度興奮之下，他的那話兒堅硬依舊，從頭到尾都沒有從我的菊花孔裡拔出來，我們後來又一起高潮了兩次。

他抽出變得軟趴趴的長屌，它現在散發出混合著精液和糞便的味道，趁我還來不及逃走，也來不及想通他要做什麼，他馬上就用某種絲製繩帶把我的手綁在床柱上。

「好啦，我的漂亮小子，你已經被我綁住了，等我把剛剛臀戰留下的殘跡擦乾淨，我就要用鞭子打到你硬起來。」他說。他端來一盆冷水，盆裡有塊海綿，他擦洗冷敷我身上的痛處，我心裡甚至開始有點感謝他。最後他用海綿擦拭自己的身體，再用一條輕軟的毛巾幫我和他自己擦乾。他接著從一只長型皮盒裡挑選要用來鞭打的工具，我本來以為盒子裡面只裝了一把槍。

他很開心地向我展示鞭具，然後選了一根握把用藤製成的馬毛軟鞭。他極度興奮，開始用這根軟鞭往我的大腿間抽打，鞭子落在我的陰唇上，到後來我開始發浪，小穴簡直像有火在燒，我求他直接插我，撫慰麻癢難耐的小穴。

「我的老二還不夠硬，不過我會幫妳舔到高潮，我美麗又浪蕩的小山雀。」他喊著，接著跪下來，把我的身體轉向他，這樣他就能舔到我的蜜穴。在發情的狀態下，他的舌頭舔弄得我興奮不已。我在高潮中全身扭動，一隻腳伸到他的陰莖上，溫柔地用腳掌把陰莖按在他的大腿上撥轉著，直到我感覺它又再度腫脹變硬，這時候我因為情慾過熾，幾欲昏厥，再次洩出的大量愛液讓我的好色丈夫十分滿意。

他胯下的陽具怒挺，我以為他現在要開始好好幹我了，沒想到他再度讓我轉過去背對他，然後選了一捆輕便好使的樺木條，一捆裡只有三、四根樹枝，用藍色和深紅色絨質絲帶秀氣地束著，他開始用這捆木條抽打我柔嫩的臀部。他每鞭一下都像在割我的皮肉，木條在我身上留下紅腫鞭痕。我痛得淚流滿面，哭著求他放過我，但他不為所動，看起來甚至更加興奮激動。我臀上的傷痕更成了他嘲弄我的話柄，他告訴我，我的屁股一開始看起來有多紅潤，然後，「賤人妳看，它現在更漂亮了，又紅又腫，還流著血，多美妙啊！」

到最後整捆木條被打散了，尖細木枝撒得滿床滿地。他扔開木條，再度侵犯我可憐的菊花蕾，我看得出來，我愈吃痛受苦，他就愈覺得興奮，他猛插進去，極盡粗魯。不過，在他整根捅進去，開始瘋狂抽動的時候，我的腦中就只剩下一片空白，接下來發生什麼事我都不記得，我想我大概昏過去了。我知道他一定有幫我鬆綁，讓我倒在床上，因為我醒來的時候，窗上陽光朗照，伯爵躺在我身邊打鼾。

和婚後的待遇相比，我在新婚之夜受到的對待算溫和的了。不過，他似乎很快就不再熱衷於在我身上找樂子，雖然他偶爾還是會叫我戴上假陽具，要我一邊從後面搞他，一邊伸手到前面幫他手淫到他高潮。

他還有一個嗜好，就是給我看他蒐集的淫穢書刊、圖畫和照片，這樣似乎能讓他特別興奮，他會看著我被撩撥得興奮得要命，然後嘲笑我嫁了一個像他這樣不中用的老傢伙，問我是不是想說如果嫁給洛泰爾就好了什麼的。

有一天，他這樣耍弄我好一會兒之後，他要我躺在沙發上，用繃帶蒙住我的眼睛，綁住我的手腳讓我無法動彈，然後把我的衣裙全掀起來，用手指摳搔我的小穴，弄得我春情蕩漾、飢渴難耐。我求他幹我，不然至少拿假陽具來多少滿足我一下。

「妳這小蕩婦，把妳逗成這樣，我還真是有點過意不去，」他笑著說，「所以，我會到隔壁房間拿櫃子裡的假陽具來。」

他出去之後沒多久就回來了，我感覺到他的手指掰開我的陰唇，我以為他要把假陽具插進去，但插進來的是他的老二，他還伸手抱住我，體力似乎比平常還好，他的陰莖脹滿了我的飢渴小穴，那種感覺我以前從來沒有過。我在極度歡暢爽快中達到高潮，口中親暱地喚他，向他低喃道謝，謝謝他讓我這麼舒服，用這麼美妙的方式證明他還是男人。

這時似乎有隻陌生的手在摸他的陽具，還有兩隻手指跟著他仍然雄糾氣昂的陰莖，一起插進我的小穴裡。

「啊！噢，我……噢！是誰？」我顧不得被掀起的裙子還蓋在臉上，尖叫起來。

「哈！哈哈！剛剛她故意裝出被我幹的樣子，其實她肯定知道，一直都是詹姆斯在插她。」我聽到伯爵在笑，同時遮在我臉上的衣物也全被拉開，我看到在我身上的，真的是年輕的男管家，他的陰莖還整根插在我的小穴裡，正要開始第二回合的衝刺。

「親她，小子，把你的舌頭伸進她的嘴裡，幹啊！用力幹！不然你的屁眼就要倒楣了。」伯爵喊著，他一手把玩著詹姆斯的球囊，另一手狠狠地打詹姆斯的屁股。「看看她，還裝出一臉羞愧的樣子。碧翠絲夫人，妳還會臉紅啊，看了可真教人開心。」

我尖聲喊叫，抗議他們如此侮辱我，但是詹姆斯的抽插動作太過迷人，很快就讓我忘乎所以，還讓我回想起那次在克雷西大宅和僕人們雜交同歡，想像自己重回「巨鵰」查理的懷抱。

我們再度攀上雲端，但是詹姆斯堅守陣線、繼續進攻，精力旺盛不衰。伯爵看到我已經媚態盡露，還發自本能地激情回應詹姆斯的狂抽猛送，就幫我把手腳都鬆綁，讓我可以盡情地享受歡娛。

「詹姆斯，抓好了，」伯爵喊著，「她太興奮了，你會被她甩下來的。不過小妖婦可別以為只有她一個人能享受。」

他說完之後就爬上沙發到詹姆斯後面，我可以看到他的長屌現在也盡量硬起來了。他似乎輕輕鬆鬆地就捅進詹姆斯屁眼裡，之前肯定很常到後庭一遊。這次他想額外來點刺激的，就犧牲我，讓他的孌童插我，要看我們交歡時的淫猥動作，他才硬得起來。

你大概猜得出來，在這次之後，我跟詹姆斯之間就親密無比。伯爵會在夜裡召他進房，然後跟著我們荒淫胡鬧、花招百出。有一次我騎在詹姆斯身上的時候，伯爵甚至試著把他細長的老二也一起塞進我的蜜穴裡，這樣做讓我感到無比爽快，他們也覺得新奇刺激，又想到可以擺出這種絕難達成的姿勢，不由得興奮難當。

這次之後，克厲亢似乎玩膩了，不管我們做什麼，他都冷淡以對，甚至堅持要獨自到另一間房裡過夜，讓我們兩個自己玩。不過，我和詹姆斯都還沒有眼瞎到相信他真的已經精盡力竭，我們商討之後的結論是，伯爵愛上了我的年輕雜役魯賓，一個十五歲的小伙子。魯賓最近才開始為我工作，他睡在長廊盡頭的一個小房間裡，我和伯爵各自的臥室都在同一條長廊上。

伯爵睡覺的時候總是將門從內反鎖，他聲稱是怕我不肯讓他清靜，為了解開謎團，有一天晚上，我們在整條長廊上撒了麵粉，第二天早上發現頗有斬獲，看得出來伯爵去了雜役的房間，也有回程的腳印串。

我們不想壞了他的興致，只想偷看一下，看能不能在偷窺的時候順便來點不一樣的樂子。所以，我們隔天就探勘場地，發現雜役房間隔壁有一個小間，專門做為備用客房，恰好符合我們的需求。只要挖幾個小孔，我們就能坐或跪在床上盡情偷窺，隔壁間什麼事都能看得一清二楚。

這一天，我和詹姆斯整個晚上都在客廳裡，玩盡所有香豔刺激的招數來取悅伯爵。他只在一旁閒適地看著我倆歡愛嬉戲，邊抽著雪茄，很明顯是在為稍晚的時刻保留精力。入夜之後，我們各自回到臥房，我和詹姆斯卻不打算上床就寢，我們去了那間備用客房，就在雜役睡的房間隔壁。

我們湊到小孔上偷窺，發現我們動作太快，伯爵還沒來，男孩的房間漆黑一片。那天晚上很溫暖，不用蓋被子，我們斜靠在床上等伯爵來，一邊互相親吻逗弄彼此的私處取樂。雖然剛做了一晚的苦工，我的帥哥詹姆斯又再度挺拔怒張、躍躍欲試。要不是怕被隔壁的魯賓聽到我們的動靜，暴露形跡，耽誤了期待許久的偷窺好戲，他恨不得馬上捅進我的飢渴小穴，撫慰一下熾熱慾火。

在我低聲囑咐他別出聲的時候，隔壁房間傳來劃火柴的聲音。我們趴到偷窺孔上，卻訝然發現，原來房裡不只魯賓一個人，男管家的助手也在，十六歲的他，個子很高，有著淺色髮膚。他對人一向態度恭敬、冷淡寡言，對詹姆斯也一樣，我們沙盤推演的時候從來沒考慮過他，壓根不曾懷疑他也有可能在伯爵的遊戲裡參一腳。

魯賓點燃幾枝蠟燭，然後轉向他的同伴。他的同伴躺在床上，慢條斯理地套弄自己的硬挺老二，好像要讓它維持在蓄勢待發的狀態。魯賓說：「威爾，伯爵大人之前都是在這個時間進來，好險我剛剛及時抽身，不然你如果射出來，我們就慘了。他喜歡看到我們隨時可以開始的欠幹樣，如果讓他覺得我們已經私底下搞過還是自慰過，他肯定會破口大罵，然後憤怒離開。」

魯賓和威爾幾乎全身赤裸，兩個年輕男孩呈現強烈對比。威爾又高又瘦，髮膚的顏色很淺，魯賓卻是標準的阿多尼斯型美少年，他有著深色頭髮和熾烈如焰的深色眼眸，臉色紅潤，身材健美勻稱，胯下陽具昂然挺立。兩個人的陰莖根部周圍都光裸一片，一根陰毛也沒有。

「魯賓，你看起來真迷人，難怪伯爵大人要引誘你。而且，你這好小子還真不藏私，找我一起享樂，伯爵來看我們的時候，我一定要幹得你死去活來。我對你的愛暖熱無比，就算找來全世界最漂亮的女孩，我也沒辦法更愛她。再想想看，這代價多棒啊！」

說到這裡，兩個男孩躺在床上，互相把玩對方的陰莖。兩人唇瓣相接、熱吻舌吮，肢體交纏、無限旖旎，到後來我滿心期待他們隨時會射出來，不過他們忽地停住。外面傳來腳步聲，房門鉸鏈嘎吱作響，伯爵出現了，他提著一盞很大的檯燈。

「別動，不准給我動，你們兩個猴急的渾蛋！」伯爵喊著，「我知道你們剛剛已經自己爽過了。竟然敢這麼做，你們這兩個屁精！」他出聲恫嚇、齜牙咧嘴，兩個男孩幾乎要嚇壞了，他們的臉色先是微微發白，然後就滿面通紅。

魯賓先開口回答。「噢，主人，不是這樣，我們可能太盡責了，威爾只是在傾訴他的熱情，還說他要讓你看他怎麼把我操得死去活來。」

「很好！他就該這麼做。我的心肝，讓我吸你的寶貝命根，看看你是不是在騙我。」

伯爵把檯燈放在床腳的小桌上，房間裡變得一片光亮。他在床沿坐下，掀開睡袍，露出他那根軟弱無力的長屌。他攬兩個男孩入懷，讓他們坐在他光裸的大腿上，親吻他們，把舌頭伸進男孩的嘴裡，還把玩比較男孩們的陰莖。

這只是小小前戲，伯爵很快就問魯賓潤滑用的冷霜是不是在枕頭下面，他丟開身上僅剩的一件衣袍，呈大字型躺在床上。

「我的肉感小美人啊，」他對著魯賓說，「跪在我身上，讓我吸你的老二。威爾呢？你從魯賓後面上他，我會把你的傢伙放進他的屁眼裡。」

威爾早就準備好了，根本不需要伯爵再來發號施令。他很快就定位，八吋長的陰莖硬邦邦的，抵弄著魯賓的緊皺的暗色後庭。

伯爵迫不及待要開工，他的雙唇還沒含穩魯賓七吋長的傢伙，手指就已經忙著在威爾的陰莖和魯賓的肛門上塗抹潤滑乳霜。他很有技巧地引導威爾入洞，歡快搏動的陰莖對準菊花蕾，幾乎立刻就整根插入、直捅到底，威爾舒暢不已，享受著愛侶緊窄肉壁帶來的絕妙快感。

伯爵激情地吸吮著口裡的肉棍，我們還能依稀聽到他嘟噥著，聽起來好像快噎著了，「好爽！幹他的！快幹啊。射啊，射出來！啊……哦……哦……」我們看到魯賓的眼神狂猛似火，他的陰莖一挺，將精液射進伯爵嘴裡，一滴滴黏稠乳白的精液甚至從伯爵唇邊溢了出來。伯爵又吸又舔，十分來勁，我們還看到伯爵的那話兒也雄糾氣昂起來了。

威爾狠命地操著愛侶的屁股，似乎也在同時射了出來，要不是還抱著魯賓的肩膀，他累得幾乎就要朝後翻倒。

這場激情戲在眼皮底下搬演的同時，我和詹姆斯也沒閒著。他自動自發地用唾沫沾溼他的龜頭和我的菊花孔，很快就驅著他的龐然巨物，進了那扇最緊狹的天堂窄門。他的抽插真的讓我欲仙欲死，好像升了天。我以前從來沒有過那種到達極樂巔峰的感覺，眼前所見，加上背後那樣撼魂動魄的抽播，我們一起高潮狂洩的時候，我幾乎因為痛爽交加而呻吟出聲。

我整個人似乎都淹沒在一汪淫慾狂潮之中，我可以看見伯爵的陰莖現在已經完全勃起了，兩個男孩輪流為他親吻吮吸。

我悄悄要情郎跟在後面，然後飛快地從我們的藏身地衝進伯爵他們所在的房間。房門沒鎖，不等他們從驚嚇中反應過來，我就仰躺到伯爵身上，我突如其來壓在他的胃上，讓他幾乎喘不過氣。不管他嘴裡怒罵連連，狂吼著「該死的賤婊」，我成功地用菊花孔緊套他的硬屌，然後使勁地掐擠夾壓，還一邊在他身上扭動屁股，同時詹姆斯也把他極度興奮脹大的傢伙插進我前面飢渴火熱的蜜穴。

男孩們似乎摸透我的想法，他們各自跪在兩側，露出陰莖讓我撫弄。這時候，伯爵被我們壓得一邊呻吟，一邊仍舊不停地咒罵我，喊著什麼「天殺的賤貨」。但是，我可以感覺到他非常享受，因為在我的煽情動作和緊含包夾之下，他的陰莖變得愈來愈硬。而且，在他和詹姆斯兩個人的陰莖之間只隔著一層薄壁，感覺幾乎就像蜜穴裡有兩根陰莖在廝磨一樣。

我幫兩個男孩手淫，揉撫套弄到他們圓瞪雙眼、再難壓抑，全射在我胸前堅挺渾圓的雙峰上。但是我不讓他們軟掉，輪流親吻他們的龜頭，而伯爵也伸手玩弄他們的球囊，還用手指插他們的屁眼，我們玩弄得男孩們幾乎發狂。

我能感覺到，丈夫的細長陰莖從來沒有這麼硬過，詹姆斯的傢伙也因為極端淫蕩激情而充盈欲炸。我被餵得好滿、好脹，卻覺得我還是想要、還要，我還要！如果全身上下都是屄穴，我想要每個穴都被一根硬挺好屌狠狠插滿。這一刻真是妙不可言，啊……噢！如果我能這樣死掉就好了！我似乎到了另外一個世界，什麼都感覺不到了，我真的上天堂了！

這一幕精采絕倫，但之後發生了什麼，我全都不記得。不過，隔天詹姆斯告訴我，看到我突然昏死過去，他們全嚇壞了，他們把我抬回我的臥房，用了一些醒神藥物，後來我才逐漸恢復微弱氣息，陷入睡眠狀態，但是睡得很不安穩，還張口把兩個男孩的那話兒咬到疼痛出血。「至於伯爵大人，」他又說，「恐怕跟死人沒兩樣了，他精力耗盡，人事不知，我們只好請來石本烈大夫，大夫說要做最壞的打算。」

這話再誠實不過。四十八個小時之後，伯爵就一命嗚呼，而我此後也未曾康復。那天晚上過度縱慾，我的健康便嚴重受損，之後更每況愈下。大夫囑咐我往後要特別當心，不要過度沉浸男歡女愛。然而，即使我天生體弱，神經緊張，又容易激動，我發現自己已深陷肉慾之中難以自拔，只有在雲雨之中，我才能真正提前品嘗天堂滋味。雖然體力一日不如一日，只要抓到機會，我還是會沉入慾海盡情享樂，或者欣賞其他人交歡。

克厲亢伯爵的遺囑執行人打理好相關事務。新任伯爵為了感謝詹姆斯和兩個男孩的作為讓他獲益甚多，賞給三人極為優厚的酬勞，之後還告訴我，他覺得詹姆斯他們幫了他一把，他本來以為得再乖乖等個五或十年才能繼承爵位和土地，沒想到這麼快就到手了。

他告訴我這些的時候，我這麼問他：「伯爵大人，那你不覺得也該向我道謝嗎？你要怎麼向小碧翠絲表示謝意呢？」

他看著我，一臉疑惑。二十八歲的他年輕英俊，但是這輩子都被婚姻綁死在一個胖美女身上。他的妻子有自己的財產，已經為他生了九個孩子，而且未來有望為他生下更多。

「羅伯特，我真搞不懂你，」我繼續說，「你跟你可憐的哥哥真不一樣。你滿足於一成不變的生活，你的每一天、每種表情、每次微笑，都屬於你那位賢妻。你哥哥呢，每個遇見的美女，他都要勾搭上手。你的心究竟是什麼做的，怎麼好像從來沒有同情過我的不幸？」

他這麼英俊，加上我實在很討厭新任的克厲亢伯爵夫人，所以我決定要勾引他，就能同時滿足情慾、發洩怒氣。

「親愛的碧翠絲，妳真的把我弄糊塗了，妳到底想說什麼？」

「啊！你明知道我是這麼孤單脆弱，你做弟弟的，卻連同情我吻我一下都不肯……我知道尊夫人討厭我，但是再過幾天我就要去哈斯汀了。」說著說著，我突然啜泣起來，好像心都要碎了。他坐在我身旁，伸出雙手放在我大腿上，手勢有點像在驅邪祝禱，我的目光低垂，淚水滴在他其中一隻手上。

他溫柔地吻了一下我的額頭，比較像父親在吻女兒，他說：「我親愛的，要是我知道怎麼哄妳開心就好了。」

「我親愛的，」這樣聽起來比較有感情，我們之間如冰的隔閡好像也破除了。我伸出雙手環抱著他的肩，熱情地吻他，回報他慈父般的關愛。我低聲抽噎，泣不成聲：「噢，羅伯特，我就這樣一個人，孤單地被丟在冷冰冰的世界，過著沉悶悲慘的生活，這種滋味你根本不知道。你就不能施捨一點給我嗎？我只想要一點點你的迷人微笑，你老婆肯定已經看到不想再看了。」

他輕嘆一聲，我能感覺到他的手臂繞過我的腰，很溫柔地將我摟近。我的吻愈來愈火熱多情，但他似乎一點厭惡的意思都沒有。

「就算你真的親我一下，夫人又能失去什麼呢？」我悄聲低語。

當我們終於唇瓣相接，我感覺得出來他的身軀一陣顫動，我們纏綿擁吻許久。很明顯地，我終於點燃了這個可敬人夫胸中沉眠已久的情慾火種。

「噢，羅伯特，我愛你，親愛的，這種枝微末節的事，就不用跟賽西莉雅夫人說了。」我們的唇好不容易分開的時候，我呢喃著。

「一條土司只少一片，不會有人發現的，碧翠絲，妳也知道。」他說，一邊含笑伸直手臂扶住我，盯著我的兩頰酡紅。他又說：「而且，我很容易就能補償她，她就什麼都不會失去了。」

「親愛的羅伯特，你的這條土司已經切了不少片嘛，」我回答，「想想看你有幾個孩子等著你來餵飽。」

他又摟我入懷，我坐在他腿上，和他激情舌吻。耳鬢廝磨之下，我很快就感覺到在我臀部下方，他的那話兒已經明顯勃起了。他脹紅著臉，一向沉靜的眼眸中似乎燃著一簇不尋常的火焰，我們馬上心有靈犀。他不發一語，讓我順勢臥倒在長沙發上，我閉上眼，感覺他撩起我的衣服，雙手輕巧地沿著我的大腿摸到了歡愉泉源。我自動張開雙腿，任他為所欲為，他順水推舟地接受邀請，一切盡在不言中，我感覺到一根硬實的攻城鍾，鍾頂推抵著我的寡婦蜜穴。

我渴望好好幹上一場，這個念頭已經折磨我好幾天。不管這個動作在他眼裡有多麼下賤，我都抵抗不了那股衝動，忍不住伸出手，扶著他那根耀武揚威的陽具，引導它進入我的愛慾港灣。它進來了，把我的小穴塞得滿滿的，幾乎等不及他開始抽送，我就在嬌喘聲中達到高潮。

我睜開眼，看得出來他很滿意我的表現。「啊，親愛的羅伯特，可人兒。我年紀輕輕就守寡，再也不能享受女人應得的撫慰，這種滋味你不會懂的。噢，再用力吧，好小子，讓我們盡情狂歡，連靈魂都拿來跟愛液一起攪拌，然後你再告訴我，願不願意偶爾分我一點你的土司屑。」

他只抽插了幾下，我又洩了，我也能感覺到他在我的淫穴裡射進一股暖熱無比的陽精。四片唇瓣再度熱切交纏，我們忘情吮吻，我的雙腿勾纏著他的臀，同時使勁地上挺腰臀回應他的陽剛戳捅，極盡恣情縱慾。

伯爵夫人乘馬車出門了，所以我們至少有好幾個小時可以安全無虞。不過，想到他仍有為人丈夫應盡的義務，我要他留個一、兩發，晚上才有得應付。他跪在愛慾聖殿之前，欣賞剛剛他向愛神維納斯進貢的地方，裡裡外外又看又親，驚嘆連連：「這嫩穴真可愛，又小又緊！這裡的毛真是迷人！」

一、兩天之後，賽西莉雅夫人接到母親病倒的消息，必須回鄉間一趟，我和羅伯特欣喜不已。

我的房間就在他們臥室隔壁，所以羅伯特可以在夜裡很輕易地溜到我的床上。我發現他對於做愛花招所知甚少，他們夫妻一向嚴格遵照傳統行房方式，也有十分豐碩的結果。我嘲笑他天真無知，讓他覺得自己知識不足，很感羞赧。特別是在我帶他領略後庭美妙的時候，他信誓旦旦向我保證，等伯爵夫人回來，他就要堅持身為丈夫、可以享用她全身上下所有部位的權利，以後就不會再生出小孩了。他還說，我只要在牆上挖個小洞，就能全程收看他和賽西莉雅的閨房之樂。

能征服他真令人開心，我決定要說服他無所不用其極地羞辱他太太，這樣我就可以看好戲了。所以，我教他所有可能的做愛方式，直到原本的好好先生搖身一變，成了色慾薰心的花花公子，我滿意極了。

新任伯爵很守信用。在我們翻雲覆雨的時候，我都喚他「我的羅伯特」。賽西莉雅夫人回來的時候，他已經學有所成，熟知如何確保丈夫的完整權利。

賽西莉雅從鄉間回來的那天晚間，我在晚餐之後獨坐溫室之中，他找到我，在我身邊坐下，悄悄告訴我他很慶幸可以緊急向我討教，因為他馬上就要回房與妻子共枕，賽西莉雅肯定滿心期待。

「親愛的碧翠絲，妳快把我吸乾了，昨晚做，今天一大早又來。」他一邊說，一邊伸手環住我的腰，又封住我送上的雙唇，給我一個長吻，我幾乎喘不過氣來。「一定要來點不同的刺激，我才有力氣滿足她的期待。分開這麼久，少說也得做個三、四次，這個時候該怎麼做才能雨露均霑呢？」

「先插我吧，」我回答，「在她看著小孩被哄睡的時候做，我們的時間很多，這樣就能刺激你期待接下來的好戲，光是想到要幫她的處女後庭開苞，就夠你興奮了吧。她愈生氣抵抗，你會愈過癮。」

他的那話兒從褲子探頭出來，我邊說話邊溫柔地撫摸它。我的撫觸好像有什麼魔力，它馬上就勃起了。當我把這個不安分的囚犯放出牢籠的時候，發現它已經極度腫脹、慾火衝冠，我之前從沒看過它硬成這樣。

我站起來，先蹲下給他的慾莖暖熱一吻，然後一手握著它、一手撩起衣服，接著轉過身，臀部朝著他的肚子，吐點口水沾溼他的巨物，再張開雙腿跨坐在他的大腿上，這樣就連陰莖最根部的地方也能插進我的溼熱小穴。我們坐著不動，享受歡愛中伴侶間占有彼此的滿脹充實，沉醉其中，又過了一會兒，他才開始抽插撞擊，力道驚心動魄，下身快感逐漸熾烈，最後我們幾乎陷入瘋狂，非得直入極樂仙境，盡洩滾滾淫流，陰水陽液交融，才能平撫洶湧狂潮。

在和他交媾的時候，想到是從討厭的伯爵夫人那裡，奪走她渴盼的雨露，我就倍感痛快，我使勁地嬌吟浪叫，在高潮的時候不忘扭過頭去和他纏綿熱吻，在兩個人舒爽歡暢的時刻，更添蜜意濃情。

他沒有馬上射精，停下來休息一會兒之後，他站起來，寶貝傢伙還插在我的小穴裡，一秒也沒有分開過。他讓我趴在剛好位於一旁的小桌上，又開始進行美妙的活塞運動。他的雙手伸到我身下，摳搔愛撫穴口周圍，弄得我忍不住劇烈扭動，幾乎把他甩開。他忽然整根抽出，下身再一沉，驅著龜頭擠入附近另一個更緊小的洞，那時的姿勢剛好可以讓他輕鬆易洞達陣。

「啊！哦……哦……哦……哦……嗯……嗯……嗯啊！」我尖聲浪叫，感覺他把後洞塞得滿滿的，我好像在滑潤汁津中潛泳，他的手指忙著煽動我的瘋狂慾焰，敏捷靈巧地在濡溼蜜穴中掏摸摳弄。「噢，老天，羅伯特，親愛的！求求你，快射吧！射了……啊……嗯……有感覺了！好溫暖，好舒服啊！」我興奮地呢喃，因饜足而變得敏感的菊洞緊緊含住陰莖，滾燙精液在腸道間洶湧氾濫。

從交歡激情回神之後，他和我討論該怎麼調教妻子，從頭到尾他的老二都硬得媲美警棍。後來因為怕被賽西莉雅撞見，我就到客廳去彈鋼琴，他待在窗外的溫室花叢裡抽菸。

伯爵夫人藉口身子疲乏，所以一家子比平常還早回房休息，不過我們都知道她在急什麼。我趕在羅伯特和賽西莉雅進房之前就在壁上小洞前守著。

羅伯特習慣在睡前巡視一遍宅中的低矮樓層，親自確認門戶安全，夫人比他先回房，進門之後馬上開始寬衣解帶。

她的年紀和羅伯特差不多，容貌十分美麗動人，身材比一般女子略高些，髮色淺褐帶金，有著濃眉、深色長睫毛，和深藍色的分明大眼，豐潤櫻唇微微嘟起，還有一副編貝皓齒。她一件一件褪下衣裙，我看到她全身上下這麼多誘人之處，千嬌百媚地暴露在我的灼熱目光下，忍不住血脈賁張。她胸前一對傲人豐乳仍舊圓潤堅挺，當她舉起雙手脫去連身內衣時，她雪白柔嫩的肚腹也展露無遺，因為先前幾胎分娩都很順利，而且由於擔心身材走樣，不曾餵過母乳，她的肌膚仍然很光滑，沒有一絲皺紋。她的陰丘上覆蓋著濃密恥毛，紅褐色的細軟恥毛微微鬈曲，毛叢之間蜜縫的輪廓依稀可辨。

她現在站在穿衣鏡前，仔細檢查自己的身體，我可以看見她的俏臉飛紅，似乎連看到自己的裸體都覺得羞赧。她拍著自己如大理石般白潤的肚腹和美臀，櫻唇微張，一抹滿足的微笑漾起，露出明亮如珠貝的皓齒，肯定是想到羅伯特進房之後看到如此情景的反應。然後她好玩似地撥開陰唇，對著鏡子仔細端詳。手指撥弄之下，她臉上的紅暈更甚，看起來似乎忍不住要自慰一番，她伸出幾個手指，焦躁地在鮮紅肉瓣間前後搓動。

我全身血液沸騰，就算我恨她入骨，此時此地我還是願意為她吸吮舔弄。門突然開了，羅伯特僵立在門口，他驚訝地問：「天吶，賽西莉雅，妳真是一點淑女矜持都沒了。為什麼妳以前從來沒有在我面前脫光過？」

「噢，羅伯特，親愛的，嚇死我，你這麼快就上樓了。我知道你一熄燈就會急著愛撫我這裡，我只是檢查一下嘛。」

「賽西莉雅，我以前還真沒發現妳的身材竟然這麼迷人，既然妳脫光了，我就要好好一覽春光。不用熄燈了，親愛的，現在我每個地方都要好好欣賞。對了，告訴妳一件事，妳不在的時候，我找到我哥過世後留下的一些不正經的書。書裡描述了各式各樣新奇的做愛姿勢，害我胡思亂想半天，想到我們以前的懵懂無知，我都覺得很不好意思。我想好久了，要跟妳一起試試裡面幾種姿勢。」

他說話的時候幾乎脫光身上的衣服，我看到他的那話兒昂然怒挺，我想他那根已經從不久前我們激情偷歡那一刻硬到現在。

他撲進她的懷抱，兩人擁吻彼此。她握住他的陰莖，慢慢退到床邊，一邊試著讓他的龜頭對準花心。

「不是那裡，親愛的，我今晚要幫妳另一個處女洞開苞。我們以前只會那樣呆呆地做，結果生了一大堆小孩，我們這一家子已經夠大了。我不要更多小孩，就算當父親的再怎麼有錢，也會被他們吃垮。不成，以後不插前面，只能學法國人那套，妳聽懂了嗎?我的意思是要插妳的肛門。」雖然他盡量保持嚴肅，我還是看得出來他很興奮。

「這念頭噁心死了!羅伯特，你不能那樣對我。」她喊道，從臉頰到髮根都羞紅了。

「可是我要，賽西莉雅，而且就準備那樣做!妳看這本書，裡面寫了好多不同的

『做』法。妳看，他們互相吸吮，還幹，噢，妳聽到粗話就嚇到，可是就是幹啊，幹，就是這麼說的。他們幹屁股、幹腋下，幹奶子，奶子就是咪咪，另一種粗俗叫法罷了，哪裡都能幹，到處都能幹，對男人來說全都一樣，都一樣是大家說的『屄』，我敢說妳以前一定在哪邊看過這字，窗戶、門板，甚至石板路上。這個字很低俗，可是美妙極了，賽西莉雅，我告訴妳，男人只要湊在一起，就會向它熱烈致意。」我看到他試著要讓她看一本法文小冊，書名是《實用科學》，裡面有四十幅精美的小型插圖。「我揣摩過這些精采招數，想到妳回來之後就可以盡情享受，我的血液都沸騰了。」

「天吶，羅伯特，你瘋了，我要燒了這本可怕的書，絕不讓你學裡面的骯髒招數！」她一把抓住那小冊。

「妳是我的妻子，妳身上每一吋都是我的，我想對妳作什麼都行。賽西莉雅，不要把我逼過頭，不然我會很粗魯的。我已經決定了，我要把老二插進妳的肛門裡，現在就要！」他試著扳她的身子。

「羅伯特，親愛的，太丟臉了，你講這些下流話，碧翠絲會聽到的。你絕對不能這樣虐待我。」她將臉埋在雙掌中，啜泣起來。

「可惜我會，妳要跟小孩一樣大哭大鬧也可以。妳的眼淚只會加倍刺激我，妳如果敢抵抗，我會打妳揍妳，打到聽話為止。」

她使勁掙扎，但是女人力氣小，很快就體力耗盡。最後他強迫她臉朝下趴在床上，臀部靠在床邊，雙膝跪地，然後就在她的屁股上狠狠打了熱辣的一巴掌。他用力分開她的雙腿，掰開兩片光潔的臀瓣，用唾沫潤溼自己的龜頭和即將攻占的目標，褐色菊蕾看起來很緊狹。他的陰莖脹得似乎快炸開了，他用力挺進，襲擊後庭的處女堡壘。

龜頭緩緩擠入賽西莉雅肛門的括約肌中，我可以聽到她痛苦的呻吟聲。「啊……好痛……哦……哦……我快被你撕裂了，羅伯特……哦，老天……啊……嗯……嗯……哦……哦！哦……」

他終於進去了，他停住一會兒，然後慢慢開始抽插。

看到賽西莉雅扭動屁股的樣子，我馬上知道她很享受。羅伯特的手忙著在前面插弄她的蜜穴。兩個人興奮不已，似乎同時達到高潮，不過他穩住不動，繼續進攻。第二次高潮的時候，他們倆太過激動，大聲地呻吟浪叫，下體淫精愛液狂洩，同時賽西莉雅昏了過去，羅伯特也精疲力竭，趴倒在不省人事的愛妻身上。

他很快恢復過來，剩下的力氣還夠他拿出提神藥物，救醒昏倒的妻子。一等她被救醒，可以聽懂他的話了，他馬上告訴她：「以後我們就能照著那本很棒的法文書，看裡面教什麼新奇招數，學來盡情享受。賽西莉亞，妳以後再也不會大肚子了，我們也不用再擔心會有小孩。妳現在要吸我的老二，吸到它又硬起來。」他說完就把陰莖送到她嘴前。

「不要，不要，這招太髒了，我絕對不做。而且，這樣真是加倍噁心，你剛剛欺負完我的屁股，根本連洗都沒洗過。」她抽噎地說，滿眼是淚，他的臉上卻一點同情的樣子都沒有。

「我才不在乎，妳就是得吸。快吸吧，親愛的，不要再擺那種難看臉色，這樣只會讓我覺得更好玩。可以照著想像擺布妳，這可是難得的樂趣。我發現我結婚以後根本只是個蠢蛋，連丈夫的權利都不知道，沒有好好享用妳全身上下，嫩屄、屁眼、小嘴、奶子，全都可以讓我插到爽，根本不用每次做愛都做出小孩。現在就張嘴幫我吸，然後我要用粗大的假屌肏妳。記住啊，我射的時候，妳得把我射出來的每一滴精液都吞下去。」

她很不情願地讓他把陰莖塞進嘴裡，陰莖上面全是之前肛交留下的黏液和糞便。他接著拿出一根尺寸驚人的粗大假陽具，將近有十二吋長，他在上面塗了一點冷霜，然後就把假陽具前端對準她的蜜縫口，準備往裡面塞。

「啊！不要！不要！怎麼那麼粗！」她幾乎尖叫起來，但是前端一部分已經擠了進去。雖然她不斷啜泣、痛苦呻吟，他還是很快就成功了，擴張的陰道裡容納了至少十吋長的假屌。

她的小穴剛好朝我這邊露出來，我可以看到小穴被那根巨大的橡膠陽具塞得有多滿。看到她的蜜縫向外撐到極限，我的血管裡似乎有一股快感竄升，我克制不了自己，忍不住跟著自慰。我好想加入，跟他們一起雜交同樂。粗大假屌每次的抽插似乎讓她感到無比舒暢。她發狂似地吮吸他的陰莖，極度興奮之下，她拋下先前所有綁手綁腳的禮教、羞恥或嫌惡感。我激情地自慰，他們在淫叫聲中高潮，到最後觀眾和演員都精疲力竭。

第二天早上醒來，我又湊到小洞上窺看，剛好看到伯爵夫人也醒了。她先摸摸小穴看有沒有怎樣，擔心被前一晚捅進去的粗大假陽具給插壞了。她的眼中閃著愉悅滿足，臉上紅暈陣陣，我猜她一定在回想昨晚的經歷。她很快把丈夫身上的被子全部掀開，握住他軟綿綿的傢伙把玩一會兒，然後低下頭，櫻唇微張含住龜頭，上下舔弄吸吮起來，看得出來她很享受。他的陰莖被舔到硬挺雄壯，她正要騎到他身上來招「聖喬治」的時候，他突然起身，原來他一直在裝睡，想看看他的好色妻子會對他做什麼。羅伯特不肯插她的小穴，堅持要走旱路，他用口水潤溼她的菊蕾。

她的後庭慢慢地納入整根陰莖，雖然從表情看得出來她承受著無比疼痛，但是她毫不退縮。不過插進去之後，兩個人就盡情享受肛交的無窮樂趣。甚至在他射出來之後，她還是繼續騎在他身上，搖到他又硬起來，然後兩個人又一起高潮，在澎湃激情中狂烈互吻。

在我離城之前的這段時間，牆上小洞讓我得以飽覽賽西莉雅夫人和她丈夫之間的淫豔春光。之後，我為了養病搬到哈斯汀。

我已經請人幫我在哈斯汀找好一棟小而美的獨棟宅邸，將家具都布置齊全。屋裡有十三還是十四個房間，周圍還有花園和果園，這樣我就可以自由自在地生活，不用擔心會被鄰居好奇偷窺。

家裡請了一個廚子、一個女管家，兩個人都很年輕，頂多二十四、五歲。女管家的父親經商失敗，家道中落。她聰明和氣好相處，我僱用她的時候，她還很拘謹，而且守身如玉。

因為比較喜歡少男少女，我們沒有僱用女僕和貼身侍女，只找了兩個十五、六歲的俊俏男孩當雜役，還有兩個年紀差不多的女孩來幫忙。

和新任伯爵同住的時候，因為太過放縱，或者該說看了太多放縱景象，剛搬去哈斯汀時我的身體相當虛弱。不過南部海邊的空氣舒適宜人，很快就讓我恢復元氣，我天生浪漫多情，總是嚮往醉人的情愛歡娛，渴望能再沉溺其中。

於是，我決心引誘家裡每個男女僕侍。我相信他們都還是童貞之身，在到這裡服務之前都循規蹈矩。

那兩個年紀最小的女孩專門負責伺候我，她們的房間在我的臥室隔壁，中間有扇門直接連通兩個房間，出入就不用繞到走廊。

我有一股衝動，想幫兩個年輕漂亮的小妮子口交，讓她們對我言聽計從、任我擺布。

你也許猜得到，我在腦中沙盤推演過後，沒多久就將計畫付諸實現。當天晚上，我的兩個漂亮小妞幫我梳洗打扮好，我舒服地坐在爐火旁，身上穿著睡衣，雙腳擱在壁爐柵欄上，假裝在讀一本精采小說。

她們恭敬地向我道晚安的時候，我說：「不用關門，親愛的。我覺得精神不太好，也許會叫妳們來陪我，精神不好我就睡不著。」

幾分鐘之後，我聽到她們嘻嘻哈哈的笑聲。

「喂，妳們兩個！」我開口喊她們，「馬上給我過來。我要知道妳們在玩什麼這麼開心。直接到這裡來，不准穿衣服，也不准因為臉紅就拖拖拉拉。安妮！帕蒂！聽到了沒？」

兩個女孩怕我生氣，紅著臉直接進了我的房間，身上只穿著睡衣。

「好啦，告訴我妳們在笑什麼？」

「夫人，妳別生氣，是帕蒂啦。」安妮壞心地看了一眼她的同伴。

「啊？才不是，妳說謊！夫人，是安妮先的。」帕蒂回嘴，她一臉困窘。

兩個人互相推卸，什麼名堂都問不出來。

最後我說：「我很清楚妳們兩個在玩什麼。老實告訴我吧，妳們是不是在照鏡子看對方的私處？」

問題正中紅心，看到她們兩個羞得面紅耳赤，我繼續說：「不用問，一定是在看誰的小妹妹長出最多毛了。安妮，我看看妳的。」我突然伸手抓住安妮的睡衣下襬，一把掀起來罩住她的頭，不僅遮住她的臉，也讓她嬌美幼嫩的身體全都露了出來。「哎呀，這個丫頭片子連一根毛都還沒長！帕蒂，好好打她一頓屁股。」

帕蒂樂得趕緊下手，掌摑聲在房間裡迴盪，間雜其中的是安妮可憐兮兮的求饒聲。

我感覺血液上衝，看到她美麗的粉臀，挨了痛打之後變得紅潤腫脹，我恨不得撲上去一逞色慾。於是我讓帕蒂放開這個小可憐，在安妮耳邊悄聲吩咐幾句，安妮的淚眼忽然一亮，衝向帕蒂。電光火石之間，安妮拖著身上光溜溜的帕蒂在房裡打轉，帕蒂的頭和手臂都被她自己的睡衣翻上去罩住了。

可憐的帕蒂，她的俏臀被我打得幾乎整片烏青，我不顧她哀泣討饒，打得痛快極了。

最後我們放開帕蒂，我拉她入懷，吻去她的淚水。她很快破啼為笑，依偎在我懷裡撒嬌。安妮看得幾乎要吃醋了，紅著臉求我也親她，我爽快答應，極盡愛憐地吻了她。我說自己精神不好，睡不太著，想喝點什麼放鬆心情，要安妮去櫥櫃裡拿一瓶葡萄酒和幾個杯子過來。

「啊，親愛的夫人，」帕蒂說，她不停親吻我，「妳不知道我們都很愛妳，也很心疼妳這樣，一個人孤單難過。我們什麼都願意為妳做，只希望能在妳蒼白的臉上看到一絲笑容。」

「那我們一起睡覺，然後在床上玩遊戲。不過，妳們可得當心，要乖乖聽話，絕對不可以讓別人知道妳們女主人的事。」我回答。我拿起一杯酒，要她們也跟著各拿一杯。

喝到第二、第三杯的時候，兩個女孩似乎尺度大開，最輕微的暗示或笑話都能逗得她們捧腹大笑。她們兩頰酡紅，看起來很興奮。帕蒂一直坐在我膝上摸著我的臉和胸，其實她激動到快昏過去了，因為我的手偷偷鑽進她的睡衣裡，一隻手指摳搔玩弄她幾乎光滑無毛的嫩穴，搓揉之下，她愈來愈興奮，到後來就頭昏腦脹、不辨東西了。

「我們都脫光光吧。親愛的，把身上衣服都脫掉，我想用身體感覺妳們溫暖柔嫩的肌膚，親熱地抱抱妳們，再摸遍妳們全身。帕蒂，我知道一首好聽的小詩，在講陶匠娶妻，娶的太太名字跟妳一樣呢，要我念給妳們聽嗎？」問完以後，看她們兩個滿臉期待，我就叫安妮去櫥櫃抽屜裡拿一冊叫作《鬼屋》的手抄本過來。

「現在聽好了，這是〈陶匠的故事〉。在我念完之前不准偷笑。故事可能有點顏色，不過妳們都這麼大了，沒有什麼不能聽的。」

霍奇年輕有才智，
以製陶為業；
愛上瑪塔．普萊斯，
牧師是她爹。

鍋罐杯缸青花皿，
霍奇全包辦；
他說：「男人最不幸，
一個人落單。

快娶瑪塔．普萊斯，
我家很舒服；
牧師前結連理枝，
夫婦共尿壺。」

美麗陶壺親手做，
奉獻給所愛。
他說：「此壺為見證，
懇求妳表白。

黃道吉日讓妳挑，
當夜我大喜；
甜美嫩屄含硬屌，
洩了混壺裡。」

一週之內即完婚，
霍奇好命仔；
甜美帕蒂[7]童貞身，

7 帕蒂（Patty）為瑪塔（Martha）的小名。

一插蕊苞開。

嬌妻懷中他睡熟，
夢裡突驚駭；
床鋪中央他正坐，
臉色全翻白。

「我作夢了好老婆，
嚇人的惡夢，
夢到我倆在店頭，
妳任我緊擁。

夢裡我親妳腮幫，
摟抱玩鬧忙；
我跌一跤把鍋撞，

嘩啦全碎光。」

帕蒂笑著回答了：
「放心，壺沒破；
不過今晚弄破的，
是這派皮鍋。」

那夜開始到今晚，
鍋縫難補上，
霍奇老二硬如磚，
縫裡劈啪撞。

女孩當心看住鍋，
故事已結束。
若被男人硬戳破，

鍋縫永難補。

我拋下手抄本，左右手的一隻指頭，猝不及防插進女孩們的蜜縫裡。「妳們兩個的『小鍋子』好迷人啊！我好想把妳們丟到床上，好好地親它們。我的『鍋子』上面有捲捲的軟毛，妳們覺得好看嗎？不過親愛的，妳們也知道，我有過丈夫，所以我的『鍋子』當然已經破了。」

「呀，親愛的夫人，那樣真的很舒服嗎？噢，我好喜歡妳，讓我看看嘛。」帕蒂喊著。她從我膝上滑下來，跪在我兩腿中間，那個地方讓她覺得好奇，她想看更清楚些。她先是親熱地吻我的下體，然後將恥毛撥開，伸出幾根手指直接探進蜜縫裡。我被帕蒂摳搔得又麻又癢，不禁往後靠在椅子上，再拉安妮到懷裡摟抱親吻，手指還盡量往她窄小的蜜縫裡插。我的雙腿機械般地自動張開，讓帕蒂看個過癮，她驚嘆：「我的兩根手指可以插好深哦，裡頭又暖又溼。感覺好像可以吃耶！」

幾分鐘之後，我們全都一絲不掛地在床上翻來滾去。我興奮地輪流欣賞、親吻她們的小穴，兩個女孩面紅耳赤、又笑又叫。我伸出舌頭在她們的蒂蕾上著迷地撫弄打轉，直舔得淫液流洩而出，處女的愛津滑膩黏稠、滋味絕妙，是我最好的報酬。我愛撫完她們之後，她們也以無限柔情回報，帕蒂全心全意地伺候我的蜜穴，她玩得很是起勁，安妮比較喜歡吸吮我的雙乳，我同時舔弄安妮的嫩穴。

「要是能看到妳們兩個同時讓男人開苞，不知道有多精采。」我說。

「啊！親愛的夫人，不能讓那些男孩來幫忙嗎？那個查理，我真的很喜歡他。」帕蒂正在興頭上，想都不想就直接要求。

「我會試著安排，不過在我確認他們的人品之前，我們都要小心保密。」我回答。

「噢，我知道，查理這個粗魯小子，什麼都不怕，如果讓他找到機會，他什麼壞事都幹得出來。妳知道嗎？有一次我湊巧走進餐具室，就被我抓到他在裡面自己玩他那根，他還以為不會被人看見。他的那話兒直挺挺地伸出來，頂端紅通通的。他整張臉脹紅，看起來好像快喘不過氣。不過那小子很不要臉，就是個冒失鬼，他竟然當著我的面晃著他那根，還要我親他一下，問我：『帕蒂，妳喜不喜歡它啊？它會變這麼大哦，每次……』噢，夫人，我不能告訴妳他都說了什麼。」

不過我不停催促，最後她還是說了：「他是說每次我們一起伺候妳的時候，夫人。他說：『噢，帕蒂，夫人真美，妳不覺得嗎？性感的嘴唇、貝齒，還有那雙水汪汪的眼睛，我覺得自己好像可以撲倒她，真的！』」

「不錯嘛，查理先生，」我笑了，「如果被撲倒，我大概不會很介意。哪天只有我們在的時候，我會給他機會，妳們就可以好好學著囉。不過呢，《鬼屋》裡還有一首歌，我現在想先念歌詞給妳們聽，明天我會給妳們一份，希望妳們很快就能學會怎麼唱。」

活到老，學到老

曲調：「白蘭地酒珠」

小姐且聽我道來，
從前當我年幼時，
安靜害羞乖女孩，
硬屌滋味從不識。

下面小穴僅一用，
只能排尿有何趣。

見到雞巴我驚恐，
鹹溼話題好無趣。

不過現在智識長，
來者不拒腿大開，
害羞矜持不再裝。
想肏想幹癢難耐！

雖喜硬屌捅屁眼，
走路腿開如太常。
欣賞蜜穴在鏡前，
肉瓣微翹淫蕩樣。

週一至五加週日，
早午晚間都想幹，

不休照幹安息日！
週一插肛換一換。

天熱天冷都能肏，
如狼似虎能吸土；
這裡有洞能吃屌，
黑白老少盡可夫。

我洩一次一鐘頭，
屄穴裡慾火正旺。
他說：「淫行是罪過，」
我當面罵他扯謊。

我能一手握一屌，
屁眼朝北屄向南；

先生們的屌站好，
一穴一根嘴也咬；

穴吸口吮手套弄，
搞到你們陽精盡！
房客也來狂抽送，
以後就免收租金！

萬歲！屄穴是寶貝。
萬歲！吸屌無限好。
屢上巫山至西歸，
希望歸處也能肏！

隔天我們起得太晚，已經來不及再一起玩女女遊戲，我要她們趕快起床準備早餐，還答應她們當天會好好照顧查理先生。

第六部

用過午餐之後，我要查理搬一張矮凳到花園裡的涼亭，再帶幾件披巾過去。我告訴他我想在那裡小睡片刻，還說今天暖洋洋的，在外頭空氣新鮮，肯定比悶在屋子裡還舒服好睡。

我交代查理的時候，安妮和帕蒂互看幾眼，意味深長，我豎起一根指頭制止她們，免得被發現不對勁。

屋後有一個美麗的花園，占地廣闊。園裡有幾棵老榆樹，樹齡甚久，枝葉扶疏成蔭，其中有幾棵剛好在一個小圓池塘岸邊。水塘直徑大約二十碼，涼亭就在池岸南邊的樹蔭之下。

查理遵照我的吩咐行事，我走在他後面。到了目的地之後，我要他把披巾鋪在亭內的長靠椅上，免得皮革椅面受潮。他拿來一只枕頭，又搬矮凳讓我墊腳。

我身上只罩了一件晨袍，袍下就是睡衣跟內褲。

「天氣好悶熱哦。」我說。等查理布置妥當之後，我就到靠椅上懶洋洋地躺下。躺下的時候，我故意不小心露出頸項，還刻意讓他瞥見我的雙乳。

「哎呀！哦，哦！老天，腿抽筋了，疼死我了！」我大聲嚷嚷，假裝痛得不得了，彎下身撩起晨袍搓揉著右腿的小腿肚。「啊……哦！好痛！」

查理立刻跪到我腳邊。

「噢，夫人，真的很痛嗎？讓我幫妳把腳趾頭往上扳！」

「不對，不對啦，不是那邊，查理，幫我揉小腿，盡量用力揉，對了，乖孩子。」我回答，痛得蹙眉皺臉。「上來一點，順著我的腿揉，揉腳沒用啦！」

我的右腳腳趾不知不覺碰到他的褲襠，布料下面就是他全身上下我最感興趣的部位。我腳上的軟拖鞋落了下來，我可以感覺到趾頭下方，他的那話兒很快地勃起變硬、突突搏動。他的臉紅通通的，我感覺他揉到我膝蓋下方的時候，忽然身軀一震。這樣的親密接觸逗得我心猿意馬，自不待言。

我身上的晨袍前襟敞開，雙腿、內褲和胸脯，他全看得一清二楚，只怕連幽谷風光也盡收入眼。

我的血液沸騰，一股衝動再難忍耐，恨不得生吞活剝這個美少年。

「起來吧，查理，我現在好多了，」我低聲說，「你剛剛如果不小心看到什麼，可別告訴別人。小腿竟然抽筋，真是痛得我要死，我都不知道剛剛翻來扭去成什麼樣子了。」

「親愛的夫人，我一定會為妳保守祕密。」查理回答，他站起來時低著頭，很不好意思。「為了證明我對妳的忠心，我願意吻妳足下的土地！」

「別吧，你是個好孩子，查理，所以就讓你看一次，記得哦，只有這一次，我呢，要親你一下。靠我近一點！你真是個小帥哥。別害羞嘛，我真的想親你一下，不過你得發誓不告訴別人。」

「啊，夫人，像妳這麼高貴的夫人，竟然對我這個卑微的雜役這麼親切。我絕不會忘記妳對我的好，隨時都願意為妳犧牲性命。」他既羞怯又激動。

「那你過來。」我捧著他的俊臉，不停地吻他。「你為什麼不親我呢，查理？」

「噢，夫人，我能這麼放肆嗎？」他問，他吻得很熱切，溫暖的嘴唇吸得我幾乎喘不過氣。

「可以……可以，」我喃喃地說，「你可以親我了，好孩子！你會對我忠心耿耿嗎，查理？我能將性命跟名節託付給你嗎？」

「親愛的夫人，為了那幾個吻，我願意一輩子為妳作牛作馬。不管誰給我什麼，我永遠都不會出賣妳。」

「那麼，查理，我要告訴你，我愛上你的身體了。我知道你的身材就像愛神邱比特一樣完美，我好想要你脫光衣服，露出健美如雕像的身體，讓我好好欣賞。你願意嗎？

不會有人知道的。」我問他。

他脹紅了臉，我盯著他，他在我的注視之下顫抖著。「唔，查理，快點吧，如果你為我這麼做，我就給你一枚一英鎊金幣，再送你一套新衣服。」

我脫下他的外套，接著幫他解開褲子的鈕扣，拉下褲管以後，我的手在他的衣下游走，他的臀部渾圓誘人，象牙般的肌膚摸起來很結實，我也注意到覆蓋他下體的布料往前突起，已經被他的精液給浸溼了。

他現在似乎懂我的意思了，不一會兒功夫，他就脫得跟伊甸園裡的亞當一樣赤條精光。

我不安分的雙手握住他的英挺小鳥，它足足有六吋長，下頭的陰囊外形緊實，周圍綴飾著一層捲翹的褐色陰毛。

「怎麼回事，查理？你常常弄溼這裡嗎？」我舉起手指，要他看上面黏潤發亮的精液。「這傢伙長得真大，男人這樣很夠了呢。你跟女孩子做過愛嗎？」

「沒有，夫人。我很想跟帕蒂試試看，可是她絕不會答應。」

「查理，那你現在可以跟我啊。之後你再跟帕蒂做，我會幫你，我很想看到你們兩個在一起。」我說。我將他的那話兒放到自己嘴裡，好好地吹舔吸吮，過不了多久，我感覺他又快射出來了。

「好了，先生，跪下，然後吻我。」我說，然後放開他，自己躺回靠椅上，張開雙腿。他用手撥開我內褲上的小縫，看著露出的陰唇。不一會兒，他的嘴就黏了上去，啊……哦……！他的淫舌讓我在幾秒之內就高潮了。我赤裸的右腳抵著他的大腿搓揉他的老二。我怕他又射出來，這樣就又錯失一次，於是溫柔地拉他到我身上，引導他的愛慾鏢頭對準花心。

他對該做之事一知半解，不過自然本能驅使他往裡面捅。

他的童子陰莖緩緩插入的時候，我真是舒服到了極點！我的淫媚肉鞘愛憐地包夾著陰莖，被它撐得又脹又滿。

一開始我們動都不動，甜蜜親暱地互吻，直到我輕輕挺動腰臀，他很快衝撞回應。

他插得我過癮極了！想到小穴裡是一根真正的童子屌，我就更感到痛快。因為太過激動，我在高潮的時候幾乎尖叫出聲，他的子孫香液射進我飢渴的子宮裡。

他一共幹了我三次，我才讓他穿上衣服回屋裡工作。他待在我這裡至少兩個小時，這段時間裡，我不僅跟他翻雲覆雨，還問清楚了他的家世背景，連另一個雜役的底細都套出來了。另一個跟他睡在一起的雜役叫山姆，樣子很清秀，但是混了太多印度人血統，五官幾乎是純黑色。

查理一五一十地回答我的問題，他告訴我他們經常互相玩弄，用陰莖相互摩擦到有濃稠乳白的東西射出來。他還說：「親愛的夫人，妳信不信，他的傢伙比我的還長兩吋，而且啊，那是他全身上下最黑的地方！」

「你想，他會想跟我們玩一下嗎？」我問。

「噢，當然會，妳找對人了！我知道的這些都是他教的，而且他跟我說過一些話，我一定要告訴妳。山姆之前的主人是闞谷上校。上校把他從加爾各答帶回英國老家，他一路上都睡在上校的船艙裡。上校引誘山姆，要山姆摸跟吸他的老二，因為實在太好玩了，後來山姆就讓上校幹屁眼。上校那根不是很粗，所以，妳知道吧，只用了一點髮油，一下子就插進去了。上校有幾個女兒，他怕山姆繼續待在他家會幹活幹到她們身上，就要山姆離開，臨走前還給山姆五十英鎊。山姆常常要我讓他幹屁股，他說會很爽，不過我只有跟他互玩小鳥，不肯讓他再進一步。」

「那好，就今天晚上，大家都去睡以後，你大概再等一小時，就帶他到女孩們的房間門口，門會是半開的。記著，你們只准穿上衣過來，小心不要吵醒廚子和管家。」

交代完以後，我親他一下，讓他離開，然後回屋裡更衣準備吃晚飯。

就寢之前，我請廚子和管家各喝一杯上好的波特酒。我在杯子裡加了藥性很強的鎮靜劑，讓她們好好睡一覺，就算我們跟兩個雜役玩得很大聲，她們也會睡得很沉，什麼都聽不到。

聽到我的安排之後，帕蒂跟安妮又興奮又緊張，滿心期待。我們脫得一絲不掛，她們兩個通體發熱，忍不住全身緊貼著我，向我傾訴心裡的恐懼，很怕擺脫麻煩的處女身時會痛到受不了，兩張羞紅的小臉上滿是淚水。

終於，我聽到她們的房間傳來一絲聲響，女孩們嚇得想逃跑，最後躲到床下。我開門進了她們的房間，房裡漆黑一片，兩個男孩正在猶豫要不要敲門。

「脫掉上衣跟拖鞋。」我悄聲吩咐。「摸摸看，我也沒穿衣服，現在我們之間什麼隔閡都沒有了。」我伸手掏摸他們的陰莖，發現兩根都剛挺無比，忍不住用力摟他們入懷，搏動的陰莖抵著我光裸的腹部，逗得我興奮不已。山姆那根比較粗大，我選中他，拉他到身旁，然後退到女孩們的床上。這根傢伙可真厲害！又粗又硬，插得我的小穴滿滿的。還沒有整根進去，山姆就差點射了出來。我靠在床邊，用手緊箍他的腰，不讓他抽出來，他只好繼續奮力抽插。我求查理從後面插山姆的屁股，讓山姆能跟我做得更賣力，山姆一點不情願的樣子都沒有。一開始因為沒有用潤滑液，進去時有些窒礙，查理齜牙咧嘴，退縮了一下，但還是很快就成功插入。

查理加入之後，我身上的騎士加倍抖擻，我伸手到他身後，在查理痛快雞姦他的時候，撫弄查理的陰莖跟卵蛋。

我又享用了另一根童男屌。真想不到，一天之內奪走兩個美少年的處男童貞。我想得身體裡慾火高熾、春情勃發！蜜穴緊緊吸夾他的黑亮巨屌。我們同時達到高潮，愛慾聖水如泉噴湧，每次狂洩都好像在雲端上又死一回。我們一起高潮了三次，共嘗天堂極樂滋味，陰莖從沒抽出小穴過。我心知肚明，如此縱慾只會傷身折壽，但在情愛歡娛的魅力之下，理性根本無力抵擋。

最後，雲收雨歇。我們一起進了我的臥房，房裡點著十多根蠟燭，什麼都能看得清清楚楚。四壁都掛了鏡子，鏡裡映出男孩的青春肉體，房裡似乎擠滿了淫媚少年，一半黝黑，一半白皙。因為剛經歷完一場色慾爭戰，他們的陰莖全都萎靡不振、溼漉晶亮。

「親愛的，你們聽，有聽到床下傳來她們的粗重喘氣聲嗎？我敢打賭，我們剛剛在隔壁幹得昏天黑地的時候，她們一定也在互相手淫。」我說。「不過，男孩們，我們先沖個冷水澡，喝杯香檳，恢復一下元氣，然後再把她們拖出來見光。」

沖洗過後，幾杯酒下肚，原先疲軟頹倒的我們又振作起來。我拿出一支精巧的馴狗長鞭，要兩個男孩撩起床裙，然後往床下揮動鞭子。揮鞭子的效果很好，我只抽了大概五、六下，兩個羞怯的小美人就嚇得竄了出來，在房間裡邊跑邊叫。我跟在她們身後狠抽，鞭子不斷落在她們柔嫩的屁股上。看到女孩們粉臉和俏臀上的暈紅、嬌嫩肌膚上細長的紅腫鞭痕，聽到她們吃痛的尖叫聲，我跟兩個男孩都興奮起來，他們的陰莖立刻翹得老高，我恨不得他們馬上壓住女孩狠狠蹂躪一番。沒錯，我承認，那個時刻我變得非常殘忍，想要看到她們在極度的痛苦恐懼中慘遭破處。

我知道，有很多男人是這樣，被他們姦淫的女人愈痛苦，他們就愈痛快，但是為什麼女人看到這種摧花景象也會興奮，我想不通。然而事實如此，我渴望血腥，只想施虐，我真的瘋了！

最後，安妮和帕蒂求兩個男孩為她們開苞，我要她們跪下來親吻男孩的硬屌。查理配帕蒂，山姆配安妮。我要他們讓女孩躺在房間中央的柔軟土耳其地毯上，在她們的屁股底下墊枕頭。接著，我的兩名年輕勇士各自跪在女孩腿間，撥開濡溼穴口的蜜瓣，試著將龜頭插進身下的殷紅肉縫。

這番情景看得我興奮不已。我一邊無情地抽打男孩的屁股，鞭策他們提槍力捅、直取花心，一邊看著兩個女孩，她們紅撲撲的臉蛋因為破處疼痛而扭曲。四個人終於完事，看得出來男孩將精液全射在女孩們身體裡，我還覺得有些遺憾，因為太快結束了。

我吩咐他們再沖洗一下，安妮和帕蒂已經止住淚，露出甜蜜笑靨。我們坐下來喝酒吃果凍，恣意調笑，淫語諢話全部出籠。到後來，查理和山姆慢慢再振雄風，我注意到他們兩個「性」致勃勃地盯著我。

我的血脈賁張，當下什麼都不想，只想馬上讓兩個男孩同時搞我，還要兩個女孩加入助興。

山姆跟查理坐在我的兩側，我可以感覺到兩根陽物都已蓄勢待發。我要山姆坐在床沿，自己跨坐在他的大腿上。坐上山姆的金剛黑屌以後，我要查理從後面把他的傢伙也塞進我的屄穴裡，跟山姆一起插我。山姆那根已經幾乎填滿我的花徑，所以查理很難插進來。不過我堅持要這樣做，兩個女孩幫忙之下，查理終於成功進入，實現我的淫蕩幻想。在我的命令下，安妮跟帕蒂不僅要搔弄我的陰蒂和往外掀開的陰唇，還要愛撫兩個情郎的陰莖跟胯下球囊。

「三明治」交媾體位帶來的極致快感，我不知該如何形諸文字。蜜穴裡淫液源源不絕，充分潤滑了兩根肉棒，它們很快就開始在蜜徑裡一上一下地廝磨，小穴裡被一上一下捅搗得酥麻不已，然後：「啊……哦……哦！要到了！我要爽死了！這是哪裡？啊……我上天堂了！噢……老天，爽死我了！」我就這樣淫叫出聲，幾乎因為過度激動而昏厥，稍微恢復清醒就發現他們也同樣陷入狂亂、陽精狂洩。

快感實在太過強烈，勇士們的金槍守住崗位、屹立不搖，女孩們不落人後，一起跳到床上。帕蒂翹起屁股對著我，大腿壓住山姆的臉，使勁地把蜜穴往山姆的嘴上湊，讓他幫她口交。安妮跨到帕蒂身上壓著她，讓下體對著我的淫舌，我自然把握機會，津津有味地舔吮她的騷屄和緊皺的粉嫩菊蕾。

我們狂歡縱慾，直到氣空力盡，不得不分開。我又抱著他們好好親吻一番，才讓他們回自己的房間。

第二天我就病倒了，第三天的時候，我不得不派人去請大夫。我特別指示帕蒂去找一位沒有太多女性病人要照顧的大夫，免得讓大夫看診時累壞身子。

大夫一到家裡，我身邊的僕侍就全都退開，讓我們倆獨處。

「我親愛的夫人，」龍簫大夫說，「妳怎麼會情緒激動到渾身無力呢？這太不自然了。發生什麼事了？都告訴我吧。如果妳希望我能幫上忙，就千萬不要有所隱瞞。」

「噢，大夫，」我低聲回答，「求你，把蠟燭吹熄吧，有爐火就夠看清楚了。請附耳到我的唇邊，我只能悄悄告訴你實情，不想讓你看到我臉紅。」

他一切照辦，臉也湊近我。我緊張地摟住他的頭頸，將他的臉扳向我熱切的雙唇，然後恣意地親吻他，我說：

「我想要愛，沒有人愛我。噢，噢！先跟我做愛，然後再幫我治病吧。我知道你很樂意照顧女病人，而我得的，真的就是蕩婦病！」

我一隻手仍然親熱地攬著他，另一隻手伸去掏摸他的那話兒，我的熱烈請求馬上就讓它有感而立。他的也是根上等傢伙，又長又粗，他毫不抵抗，拉開褲頭讓我握住。

「脫掉衣服，男人就是要這樣才算愛我。讓我先跟你做，做完再吃藥吧。」我說，然後就將舌頭伸進他嘴裡。

這位大夫很善解人意，將近一小時之後，看診時間才結束。

此後，我的身體狀況江河日下，雖然有大夫殷勤照顧，幫我看病兼止癢，我的身體還是一天比一天差，最後必須前往馬德拉群島過冬。我的故事冗長，就讓我用出海之後航程中的經歷做結吧。

我的管家，就稱她汝德小姐吧，和我結伴同行。我們訂下船尾的一間高級大客艙，艙裡有床鋪，嚴格來說是足夠容納四人的臥鋪，因為我還帶了帕蒂和安妮來服侍我們。總之，露德小姐是這麼以為的。不過我暗中計畫要引誘這位年輕貞潔的小姐，所以我給安妮一些甜頭，她答應留在家裡，讓我親愛的查理穿上女孩的衣服扮成她。

我們坐火車到南安普敦搭船，通常到港口的時候都已經入夜了。一大早天還沒亮，我們就出發，我和汝德小姐一起坐在頭等艙，僕人待在火車的其他車廂，沿途看顧行李。上船之後，我和汝德小姐就待在艙房裡，讓帕蒂她們打點一切，汝德小姐絲毫沒有起疑。

剛上船的前一、兩天，我們全都因為暈船而虛弱無力，尤其是伴著我的女管家，不過她到第三天精神就好多了，「安妮」一直盡量避開她的視線。稍晚，僕人們回到各自的鋪位裝睡，我和汝德小姐都換上睡衣，一起坐在軟墊沙發上。我要她把燈吹熄，她熄燈之後，我就環住她的腰，溫柔地拉她到我身旁。

「現在不會那麼暈了，妳不覺得很棒嗎？在船上這種顛簸的感覺真是美妙。噢，親愛的，妳要是個年輕英俊的小伙子就好了。」我一邊說，一邊熱情地吻她，舌頭伸進她的嘴裡，一隻手還鑽到她的睡衣底下摳摸，侵入陰毛覆蓋的處女聖地。

「噢，親愛的夫人，這太丟臉了！妳怎麼能這麼失禮呢？」她用氣音大聲地說。

儘管如此，我發現她並未抗拒，看著她起伏的胸脯，我知道她被弄糊塗了。

「親愛的，妳的閨名是什麼？汝德小姐聽起來太冷冰冰了。」我邊問邊貪婪地吻她。

「瑟琳娜。」她順從地張開雙腿，任我逗弄。「夫人，我求妳，別這樣！」她回答，幾乎嬌喘出聲，我的手指同時找到微翹陰唇間的小巧荳蔻。

「多迷人的名字啊，瑟琳娜！妳就叫我的閨名碧翠絲吧，好嗎？這才乖！我們要睡在同一個臥鋪裡，兩個人睡得下的。我要親遍妳全身，證明我對妳的愛——寶貝，連這裡也要親，」我說，手指恰好在她的私處上按壓示意，「妳也要這樣親我。不然，如果妳不喜歡，可以看看帕蒂有多愛親我的小穴。啊，瑟琳娜！雖然想像起來真的很粗俗可怕，但是妳很快就會知道箇中美味。」

「妳從來沒有想過嗎，親愛的？」我繼續說，「為什麼有些女孩子之間那麼親密呢？嗯，我來告訴妳吧，因為她們習慣在彼此身上享受歡愉禁果，那本來是已婚夫婦才能享受的。」

她渾身顫抖。我的手指已經沒入她的蜜縫，我使勁往裡面伸，插得她淫水直流。

「哦……哦！這晶瑩如珠的每一滴我都要吸，從妳的處女蜜縫分泌出來的，珍貴可比鑽石。」我興奮地說。我讓她完全躺倒在軟墊沙發上，自己跪在她張開的大腿間，嘴唇緊黏在她的蜜穴口。我舔得津津有味，只有守貞處女的玉液才會如此濃稠黏膩。真正的處女因為極少分泌愛液，所以她們的蜜徑瓊漿會比經常做愛或自慰的女人還濃稠許多。

瑟琳娜陶醉其中，興奮得扭腰擺臀。

最後，我站起身叫醒帕蒂，然後回到我的情人身邊，悄悄在她耳邊說：「瑟琳娜，親愛的，我要讓妳試試男人的滋味。我有一根假陽具，會讓帕蒂戴上之後插妳，然後她會摳搔我的菊蕾，妳就幫我舔小穴吧。這樣子同樂不是很棒嗎，寶貝？」

「妳嚇到我了，碧翠絲親愛的。假陽具是什麼，會不會很痛？」她悄聲詢問。

「瑟琳娜，假陽具跟男人的那話兒一模一樣！雖然在最舒服的時候，會有一股美味津液射進妳身體裡，不過一點都不用擔心會懷孕，」我溫言軟語地回答。「帕蒂現在已經準備好了，我要跨在妳臉上，讓妳用甜蜜的小嘴親吻吸吮我的小穴。妳會喜歡的。這樣妳就能做好準備，保證那根假陽具進去以後，妳就會感受到無窮歡樂。」我照剛剛說的跨到她臉上。

她的血液沸騰，熱情地將舌頭伸進我的飢渴小穴，潮水般的愛液幾乎馬上就流洩出來，回報她的吸舔，瑟琳娜沉溺其中，投入口交的程度不下於任何享樂主義信徒。她的雙腿淫媚大張，查理先生趕緊利用機會，我的位置剛好擋住她的臉。飢渴的處女渾然不知，開苞之刻即將到來。

查理用手指溫柔地分開她的穴口蜜瓣，她的小穴早已愛液橫流，查理很奸詐，他用自己的龜頭幫她愛撫，逗得可憐的瑟琳娜興奮不已，她拚命扭動身體、張口咬我，還一邊哀鳴呻吟著：「哦！啊！插我，插我！求妳再放進去一點，帕蒂親愛的！我要嘛，我非要不可。哦，哦！啊……現在會痛了！求妳，不要了！」這時候查理開始努力突破重圍。我用小穴填住她的嘴，讓她不能尖叫，好好享受我們施加在她身上的痛楚。她很緊，查理不甘被拒於穴外，色性大發之下使勁衝撞，雖然中途射出來了，他還是繼續挺進，直到整根陰莖都沒入蜜鞘。他停頓片刻，肉棒在緊窄的蜜徑中搏動。失身的瑟琳娜似乎不再感到疼痛，蜜徑再次自動分泌滑潤愛液，她騷媚地挺動腰臀，回應查理的每次衝撞。她下面的小嘴飢渴貪婪、意猶未盡，再次嘗到真槍實彈的滋味。

最後我們翻下身，再次點起燈火，讓瑟琳娜親眼看看這根假陽具。哈！她好生驚詫，發現這根傢伙生龍活虎，不是什麼可憎假貨，不過她原諒了我們，因為這場騙局令她通體舒暢、心花怒放。

我們各自用冷水沖洗身體之後，查理開始幹帕蒂這個小淫娃，瑟琳娜在一旁飽覽春光，兩人大戰的時候，她還伸手抓搔查理的子孫袋跟帕蒂的小穴。

因為再過兩晚就要下船，我決定好好利用時間。男人裡頭，我特別偏愛俊俏少年，而船上剛好有幾個年輕的海軍學校見習生很讓我傾心。上船之後那幾天，我暈船暈得厲害，他們很殷勤體貼地照顧我。

一個晴朗明亮的早晨，用過早餐之後，我們在甲板上相遇。

「早安，夫人。」年輕的辛普森舉起帽子致意，臉上一副離情依依的樣子。

「過來，你這個小冒失鬼。」我笑著說。他靠近的時候，我低聲問：「你能保守祕密嗎？」

「如果夫人要告訴我什麼祕密，我的心會跟鐵櫃一樣牢不可破。」他回答。

「你也知道，我很快就要離開你們了。今天晚上，如果你跟威廉斯那小伙子能在大家休息之後想辦法到我住的艙房來，我想好好招待你們一下——我想你們那時候已經不用值班了吧？」

「不用了，」他回答，「晚上十點到隔天早上六點都不用。妳可以放心，我們不會驚動別人。」

我伸出一根指頭放在唇上，表示要嚴格保密，然後就從他身邊輕巧走開。白天裡大部分時間我都坐在船尾樓甲板，看著海水幻想晚間的種種樂趣。

我做好充分準備，還賄賂船上的服務員，我告訴他們在船到馬德拉的豐沙爾港之前，我和船上兩、三位女客要開個小派對，如果聽到我的艙房裡有吵鬧聲，請他們不用理會。

晚餐之後，我和瑟琳娜她們和衣躺下休息，艙房裡燈還點著，食物飲料也都準備妥當。不久之後，外頭全都靜下來，我們的艙房門輕輕地開了，兩個俊帥男孩進了艙房。他們穿著最好的制服，靜靜地向我們行禮。我還來不及從躺椅上站起來，他們就吻我致意。帕蒂把門拴上，笑嘻嘻地告訴他們要注意言行，不然會被榨乾。他們的回答是一起抓住她狂吻，帕蒂假意抗拒。

辛普森和威廉斯飢腸轆轆，風捲殘雲般吃掉整塊野味做的餡餅，喝了好幾大杯香檳，還向我和眾僕人敬酒。

他們敬了幾杯，我就喝了幾杯。我渾身發燙，很想嘗嘗這兩個俊俏小伙子的滋味。等他們吃喝完畢，我請求他們坐在軟墊沙發上挨著我。辛普森要坐下的時候，我拉他入懷，笑著說：「好個讓人心疼的小寶貝，這麼俊的小可愛，來，親好媽媽一下。」

我們的唇瓣相接長吻，他倚在我的胸脯上，激動得似乎全身都顫抖起來。

「可愛的男孩，你有過心上人嗎？」我問。

「有啊，在好望角，她很漂亮。不過，出海之後就沒什麼機會跟她親熱了。」

「什麼！你膽子這麼大，敢占她便宜？」

「是啊，她還讓我上她的床呢。」

「你這個小子膽大包天，連這種事也跟我說！吶，汝德小姐、女孩們，把他綁起來，褲子也脫下來，我有一根傢伙，可以讓他的屁股吃點苦頭！」我說，假裝很厭惡地一把推開他。

「太妙了！我倒想看看她們要做什麼。喂，威廉斯老弟，幫幫忙吧，不然這些女孩真要壓倒我了。」他發現自己已居下風。

我笑了笑，做個手勢，他的戰友威廉斯馬上倒戈。辛普森發現自己真的被綁在其中一個鋪位上，褲子也被扯下來，動彈不得，他這時候臉上傻乎乎的樣子實在太好玩了。他們掖起他的上衣下襬，露出嬌嫩白皙的屁股，他羞紅了臉。大家一人一巴掌，覺得好玩極了，辛普森的屁股很快就變得紅通通的。

「你們都站開，」我嚴肅地說，「我要給這個大膽小子一點顏色瞧瞧。」我揮動手中的樺木條。

辛普森這小伙子很有骨氣，挨打的時候一聲都不肯喊，不過我還是注意到兩、三顆斗大的淚珠順著他脹紅的臉頰滑下，也看到他的那話兒挺得跟撥火棍一樣硬。他被放開以後，等不及穿上褲子，就衝過來幫我們把他的朋友威廉斯撲倒在軟墊沙發上，然後遵照我的吩咐坐在威廉斯背上。我笑吟吟地連辛普森的屁股也一起抽打，打到辛普森苦苦求饒。

他們想要整理衣褲的時候，我們開始譏笑嘲弄他們身上迷人的紅腫傷痕，一邊動手拉扯他們的衣服下襬，恣意地上下其手，不一會兒，他們就被剝得赤條條精光。兩個男孩就這樣赤裸地站在我們眼前，陰莖翹得老高。

「唔，如果你們能給女孩看的，就只有這兩樣小玩意兒，我可不會放在眼裡！」我笑著說，一邊用手裡的樺木條挑弄那兩根，「我們家安妮的老二可比你們這兩根好多了。等我們全脫光，你們就知道了。」

這是大家等待許久的暗號，此話一出，什麼克制壓抑全都拋開，我們情慾澎湃地狂歡起來。

我想這兩個年輕的海軍見習生都還沒有真正嘗過女人的滋味，我幫他們破了童男身。其實，我馬上就讓他們同時插進我的蜜穴裡，好好縱慾逞歡一番。查理當著大家幹了汝德小姐，插得她春水直洩，歇斯底里地呻吟著。

我們操幹、口交，沉溺在各種花招之中，一直搞到凌晨快五點。我還讓查理前面幹我的肛門，後面被辛普森幹，威廉斯也加入，手屌並用地戳捅辛普森，汝德小姐和帕蒂在旁邊使盡渾身解數摳搔我們助興。

最後，他們不得不向我們告退。我想，那是我最後一次和這麼多伴共淫同歡。

待在馬德拉的時候，我的身體仍然衰敗得很快，隔年五月我又回到英國。我回來之後，親愛的華特，你就長伴我身邊，愛憐地照拂我，親眼見證這肺癆病如何一刻都不耽誤地將我拖上死路。噢！但願我能有力氣再做一次，但願你能再做陽剛勇士，與我同享雲雨歡愉，如今我再也無緣品嘗那滋味。上天啊，我希望能在高潮中感覺你的精魂射進我五臟六腑，讓我爽極歸天，唉，可惜，機會不再！不過，如果彼岸歸處真是極樂世界，我相信我能永生永世承歡受澤。

阿門！走筆至此，我已無力續書。

國家圖書館出版品預行編目資料

上流少女的敗德日記 ／ 佚名著；傅羽譯
初版 -- 新北市 ： 十色出版 ；臺中市
晨星發行, 2011. 08
面； 公分
譯自：Lady Pokingham
ISBN 978-986-87354-1-5(平裝)

873.57 100012453

作　　者／佚　名
譯　　者／傅　羽
總 編 輯／林獻瑞
責任編輯／劉素芬
封面設計／Innate Design
內文排版／林鳳鳳

出 版 者／十色出版事業有限公司
231新北市新店區北新路三段82號11樓之4
電話：02-8914-5574　傳真：02-2910-6348
負 責 人／陳銘民
發 行 所／晨星出版有限公司
台中市407工業區30路1號
電話：04-2359-5820　傳真：04-2359-7123
E-mail：service@morningstar.com.tw
http://www.morningstar.com.tw
郵政劃撥／15060393　戶名：知己圖書股份有限公司
法律顧問／甘龍強律師

總 經 銷／知己圖書股份有限公司
（台北公司）台北市106羅斯福路二段95號4樓之3
電話：02-2367-2044　傳真：02-2363-5741
（台中公司）台中市407工業區30路1號
電話：04-2359-5819　傳真：04-2359-7123

承　　製／知己圖書股份有限公司　電話：04-23581803
初　　版／2011年08月01日
定　　價／220元

ISBN 978-986-87354-1-5